Olivier Merle

LE CROQUEMORT

roman

XO EDITIONS

ISBN : 978-2-37448-943-8

Le seul moyen de se délivrer
d'une tentation, c'est d'y céder.

Oscar Wilde

1

L'idée vous a-t-elle déjà démangés de raconter une aventure que vous auriez vécue ? Je parle bien sûr d'une histoire ahurissante, incroyable autant qu'effroyable, à laquelle rien ne vous prédestinait.

Moi, jamais.

Jamais, avant ce matin-là.

Comment l'aurais-je pu d'ailleurs (et pourquoi ?) en grimpant ces marches cirées, puis en frappant à l'une des deux portes du troisième étage de ce vieil immeuble ? À l'origine, ce n'était qu'une simple visite. Une visite des plus banales.

En fait, soyons honnête : banale, pas tout à fait.

Les amis d'enfance ont cette particularité qu'on ne les oublie jamais, mais qu'on les voit finalement assez peu. On peut même les perdre de vue. Adultes, on emprunte tous des chemins divergents, et les jeux puérils s'effacent peu à peu de la mémoire, jusqu'à disparaître.

Hector était de ceux-là. Très proches, voire inséparables quand nous avions une dizaine d'années, nous nous étions détachés l'un de l'autre depuis la fin du lycée et ce n'est que de temps à autre, presque par hasard, que nous passions une soirée ensemble. Une soirée agréable, mais pas inoubliable, au cours de laquelle se retrouve intacte une familiarité très ancienne, apaisante et sympathique, mais où la réalité quotidienne de l'un et de l'autre offre peu de points communs. Ne disons pas que nous n'avions rien à nous dire, ce serait exagéré, mais les souvenirs du passé nous occupaient plus que le présent ou l'avenir.

Cinq ans ! Cinq ans que je ne l'avais pas croisé. C'était beaucoup, et il peut s'en passer, des choses, en une demi-décennie. Peut-être le sentiment que cette durée devenait excessive accentua-t-il le désir de savoir ce qu'il devenait ? Peut-être aussi le fait que je me retrouvais seul (je venais de me séparer de ma compagne) m'avait-il incité à renouer avec ce genre de vieilles amitiés, dont on sait, malgré les soubresauts de la vie, qu'elles demeureront indéfectibles jusqu'au trépas.

Ce fut un peu plus compliqué que je ne le pensais. Numéro de téléphone non attribué (il en avait donc changé), d'où une impossibilité de l'appeler. Il fallut farfouiller sur Internet pour dénicher son adresse à Paris, en apparence toujours la même, mais je me méfie d'Internet, qui empile tout sans rien effacer. Quoi qu'il en soit, ce fut la seule adresse à son nom que je trouvai.

Et hop, sans attendre, je sautai dans le premier train en direction de Paname.

Contrairement à Hector, je suis demeuré provincial. La capitale ne m'a jamais attiré, trop bruyante, trop peuplée, trop exiguë, trop sale. Après le bac, il partit faire ses études à Paris (drôle d'idée) et il n'en est jamais revenu. Cet éloignement géographique acta notre rupture et, à partir de ce moment, nous nous vîmes moins souvent. Soit à Paris, quand j'y montais pour une virée, soit dans notre bonne petite ville quand il venait voir ses parents. Et puis, moi aussi, j'ai déménagé. À Lyon. Une seconde bifurcation, rédhibitoire celle-ci, et de fil en aiguille je n'avais pas vu Hector depuis cinq ans.

★

★ ★

Avant de poursuivre, j'aimerais effectuer une mise en garde. Elle sera brève, mais ferme. Afin d'être tout à fait franc, j'avoue que je me suis d'abord ouvert à une amie pour lui demander son point de vue. Était-il judicieux de mettre par écrit cette aventure hors norme ?

Elle me l'a fortement déconseillé. Ses raisons m'ont fait hésiter et si je suis passé outre je ne tiens pas non plus à être accompagné dans ce récit par une horde de sceptiques, de soupçonneux à la raillerie facile ou de moqueurs imbéciles.

Individu ordinaire à qui il n'était pour ainsi dire jamais rien arrivé de notable, je ne suis en revanche ni menteur ni affabulateur, et j'ai même un sens aigu de la précision et de la vérité. Ce que je raconte, je l'ai vécu. Aucun mensonge ne pollue cette histoire, je ne me suis permis aucun arrangement avec les faits, et je peux, comme l'honnête témoin face au juge, lever la main droite et prononcer : « Je le jure. »

Que ceux qui sont par nature des professionnels de la méfiance, des champions de la suspicion, des congénitaux du doute ferment sans tarder ce livre et le jettent à la poubelle. Puis m'oublient. C'est ce qu'ils ont de mieux à faire.

Messieurs les incrédules, bonsoir ! Je vous emmerde.

★

★ ★

Résultat de cette mise en garde musclée, nous sommes d'ores et déjà moins nombreux, je le constate, et je m'en réjouis. Lecteurs et lectrices resté(e)s fidèles, ne regrettez pas ceux qui ont déserté la place, au contraire : il y aurait moins de cons sur cette planète qu'elle s'en porterait beaucoup mieux !

Bien, reprenons.

Sur le palier du troisième étage, je fis une pause face à l'entrée de l'appartement d'Hector. Comme lors de ma dernière visite, il n'y avait pas son nom sur la porte, mais c'était bien là. J'étais assailli par une certaine inquiétude, celle d'être inopportun, de débarquer au mauvais moment et de déranger. Ayant en horreur les sans-gêne et conservant un fond de timidité (que je gère avec habileté), je m'annonce toujours avant d'aller chez quelqu'un. Mais voilà, comme je vous l'ai déjà expliqué, je n'avais pas son numéro.

Bref, je sonnai.

Il n'y eut pas de réponse. Après un délai raisonnable, je sonnai à nouveau. Rien. Personne. J'étais déçu. Tâtant mes poches à la recherche d'un bout de papier pour glisser un mot au niveau de la serrure entre le battant et le chambranle (à l'ancienne, donc), je constatai n'avoir en guise de papier qu'un vieux ticket de supermarché et, surtout, pas de stylo.

Chou blanc, j'avais fait chou blanc. Ou bien je rentrais à Lyon dès ce soir, ou bien (après avoir acheté de quoi écrire…) je décidais de prolonger mon séjour, repassant de temps à autre en misant sur la chance. Mais peut-être Hector était-il en voyage, absent pour plusieurs semaines ?

Ma déception tournait à l'abattement.

Un bruit m'alerta. Dans mon dos, la porte de l'appartement en vis-à-vis s'était entrouverte et le visage d'un individu était apparu. L'homme me fixait avec un regard par en dessous, et sa posture, épaules repliées et buste penché en avant, lui conférait l'attitude grotesque de quelqu'un qui se dissimulait derrière sa porte alors qu'il ne pouvait douter que je le voyais aussi bien qu'il me scrutait.

– Excusez-moi, dis-je, je suis un ami d'enfance de M. Marcoulin… Je ne l'ai pas vu depuis quelques années et je suis venu à l'improviste. L'avez-vous vu ces derniers temps ?

L'homme émit un grognement indistinct et fit un pas en avant, sourcils froncés, le cou tendu dans ma direction avec autant de grâce que la tête d'une tortue s'aventurant hors de sa carapace.

Il portait des charentaises fatiguées dont il écrasait l'arrière avec ses talons, un pantalon flasque mal soutenu par sa ceinture, un gilet dégoulinant le long des hanches et ouvert sur une chemise dont le col noirâtre devait fantasmer le lave-linge depuis des lustres. Et, pour couronner l'ensemble, des cheveux mi-longs cradingues avec des mèches collées sur le front et une barbe hirsute qui lui mangeait la moitié du visage.

— Non, fit-il. Je ne l'ai pas vu.

— Ah... Et ça fait longtemps ?

— Quelques semaines, et ça m'ennuie.

Quelques semaines ! C'était bien ma veine. Un Lyon/Paris et un Paris/Lyon, en train, pour rien.

— Cela vous ennuie ? repris-je au bond.

— Oui, il me doit dix euros.

La mesquinerie qui consistait à évoquer cette minuscule dette devant un inconnu de passage se présentant comme l'ami du micro-débiteur m'exaspéra. Pris d'une impulsion soudaine, je fis alors une chose que je n'avais jamais faite et que je ne referai jamais. Je tirai un billet de dix euros de mon portefeuille et le lui tendis.

— Affaire réglée, dis-je avec autorité et non sans une pointe de mépris.

Je m'attendais à un simulacre de protestation. Mais non, pas du tout. Sans aucune gêne, tel un dû, il fourra le billet dans la poche de son pantalon. Il en oublia même de me remercier.

Indisposé, je m'apprêtais à redescendre l'escalier lorsqu'il m'interpella :

— Attendez une minute !

— Quoi ? Qu'est-ce qu'il y a ?

Un pied sur la première marche, l'autre encore sur le palier, je le dévisageais, mais lui, sans s'expliquer, tapotait sur son portable, son pouce faisant défiler une succession d'écrans.

— En fait, c'était vingt euros, c'est ça ? dis-je avec ironie.

Puisqu'il ne répondait pas, je descendis une marche supplémentaire mais, ultime politesse de principe, je stoppai, lui lançant un dernier regard impatient. Je pensais repartir dans la foulée, dévaler l'escalier et oublier ce sinistre individu...

C'est alors que, poussant un cri de satisfaction en regardant son portable – à l'évidence, il avait trouvé ce qu'il cherchait –, il leva les yeux vers moi et me posa une question qui me sidéra :

— Vous êtes monsieur Livingstone ?

Le problème est que, de fait, je suis monsieur Livingstone. Mon grand-père était écossais et, par mon père, j'ai hérité de son patronyme. Mais pas de sa radinerie, comme vous avez pu le constater. Que ce pauvre type connaisse mon nom dépassait l'entendement.

— Comment le savez-vous ?

— Ben... Par la jeune femme qui m'a annoncé votre passage.

— Mon passage !? Quelle jeune femme ?

— J'en sais rien, moi !

Incroyable, il commençait à se fâcher !

— Comment vous n'en savez rien ? Qu'est-ce qu'elle vous a dit d'autre, cette jeune femme ?

— Elle est venue hier. Elle m'a dit que vous passeriez voir M. Marcoulin et elle m'a laissé un message pour vous. C'est tout.

— Un message ?

— Oui, un message.

Il avait répété « Oui, un message », sur un ton convaincu, comme si je lui demandais de confirmer l'information, et maintenant il se taisait. Plus obtus, on fait rarement. Il en tenait une couche, quand même.

— Bon alors, c'est quoi le message ?

— D'aller le lendemain de votre passage, à 10 heures du matin, au bistrot Lafayette à côté de la station Stalingrad.

— C'est où, cette station ?

— Ligne 7.

— Et ?

— Et, je l'ai déjà dit, c'est tout.

Là-dessus, il tourna les talons, rentra dans son appartement et lâcha, en refermant la porte :

— Rendre service, tiens, on m'y reprendra pas !

Que ce mec, après avoir récupéré ses dix euros grâce à moi, ose malgré tout se plaindre comme si je lui avais manqué de respect illustre la petitesse de son âme.

En une poignée de secondes, dégringolant les marches quatre à quatre, je fus dehors et, marchant à grands pas dans la rue, j'eus la désagréable sensation d'être espionné par un peu tout le monde.

Lecteur, lectrice, il vous faut excuser un tel stress. Mais apprendre qu'une jeune femme inconnue connaît votre nom, prédit une visite à Paris dont vous n'avez parlé à personne, et vous donne par l'intermédiaire d'un parfait abruti un obscur rendez-vous a de quoi rendre parano le plus équilibré des hommes.

2

Vous pouvez vous en douter, je suis arrivé au rendez-vous en avance. À 9 h 45, le repérage des lieux était terminé. Il y avait bien un bistrot Lafayette dans une petite rue non loin de la station Stalingrad. Avec une étroite terrasse de six tables serrées sur le trottoir.

En ce début mai, l'air était encore un peu frais, mais bien compensé par un soleil généreux. Aucune jeune femme à l'intérieur du café, si bien que j'hésitais à y pénétrer en premier. Je ne me décidai qu'après avoir stationné un moment sur le trottoir d'en face, épiant nerveusement la déambulation des passants. Des passantes, surtout.

Je m'installai à la terrasse. Il était 9 h 55. Je commençais à avoir des doutes sur la réalité de ce rendez-vous, mais il n'en restait pas moins vrai – fait inexplicable – que l'abruti de la veille m'avait désigné par mon nom. Et ça, il n'avait pas pu l'inventer. Il y avait donc un mystère, et il fallait le percer.

Puisque j'attends sur une chaise, et que nous devons patienter, j'en profite pour confier des informations sur ma petite personne. Ce n'est pas en soi très important ni très intéressant, mais je sais d'expérience que les gens aiment – et c'est bien normal – se représenter physiquement le héros de l'histoire. Malgré moi, c'est bien ce que je suis devenu.

D'allure filiforme, osseux, je n'ai pas un physique de déménageur. Si je ne peux pas jouer des poings, je peux me servir de ma taille. Quand je fais face à un individu méprisable, je me redresse de toute ma hauteur, lève le menton et le toise avec mépris (puisqu'il est méprisable).

Par ailleurs, je suis un blond qui tire sur le roux. Un héritage de mon grand-père écossais. Quand nous étions gosses, Hector, qui a toujours été très taquin, m'appelait « le rouquin ». Je m'inscris en faux, je ne suis pas roux. Blond vénitien tout au plus.

Désolé, il me faut interrompre là ces confidences intimes (j'y reviendrai plus tard), car l'attente prit fin assez vite. L'inconnue est venue et n'avait que quelques minutes de retard. D'ailleurs, malgré l'attention scrupuleuse que je portais aux piétonnes, figurez-vous que j'ai quand même été surpris.

Elle est arrivée dans mon dos sans crier gare, s'est coulée comme une ombre sur ma droite et, sans prononcer une parole, s'est assise avec souplesse sur le siège opposé. La table nous séparait.

C'est très bizarre de voir une personne que vous ne connaissez ni d'Ève ni d'Adam se joindre à vous de cette manière, telle une vieille copine. Un observateur extérieur et neutre se serait presque attendu à ce qu'elle justifie son léger retard avec un sourire complice et une excuse désinvolte, en me tutoyant. C'eût été une parfaite illustration de son entrée en scène. Mais elle se tint coite, droite, le visage offert à mes yeux étonnés.

Des cheveux courts, d'un noir de jais saisissant, des yeux sombres immenses dans un visage menu, un petit nez recourbé comme celui d'un minuscule oiseau de proie (mais qui lui allait fort bien), des lèvres sanguines, fines et ciselées, qui donnaient envie d'y goûter, et enfin un teint très clair, presque blanc, qui contrastait lumineusement avec les cheveux d'ébène et les yeux charbonneux. Si je ne craignais pas de recourir à une expression démodée et devenue quelque peu suspecte : c'était une très jolie jeune femme.

Je sais bien que je ne devrais pas écrire cela. À notre époque, un homme peut vite être taxé de macho, de beauf ou de pervers libidineux à évoquer le physique d'une femme. Pourtant, tant qu'on n'a pas encore eu l'opportunité de s'exprimer et d'échanger, c'est le regard qui dicte sa loi, qu'on soit homme ou femme. À ce sujet, je n'ai d'ailleurs aucune honte à avouer que moi-même, sans être laid, je ne suis pas très beau. En particulier, j'ai un nez qui part de travers, et j'en ai longtemps été complexé.

Mais voilà, mon regard (coupable) suscita un désir immédiat qui me troubla et me laissa tout chose.

Comme je demeurais aussi silencieux qu'une statue de plomb (j'essayais de contrôler mon émotion), c'est elle qui ouvrit le bal :

— David Livingstone, je présume ?

Premier constat, elle pratiquait l'humour et, en cette circonstance insolite, cette répartie évoquant la célèbre question de Stanley à l'explorateur Livingstone le jour de leur rencontre au fin fond de l'Afrique ne manquait pas de piquant. Au moins, elle connaissait certains classiques.

Cependant, je tiens à préciser que ma famille n'a aucun lien de parenté avec le célèbre explorateur. De plus, que je porte le même prénom n'est qu'une facétie douteuse de mes parents qui, en France, passe totalement inaperçue. Mais pas en Grande-Bretagne, comme j'ai eu l'occasion de m'en apercevoir.

— Comment savez-vous qui je suis ?

— Je suis la femme d'Hector.

Elle ne répondait pas à la question, mais balançait un sacré scoop. Côté sentiments, Hector a toujours été du genre saute-mouton. Le savoir marié était à la limite du crédible et je ne pus m'empêcher de m'écrier :

— La femme d'Hector !?

— Oui, pas celle de Gontran, de Pamphile ni celle de Théophile, encore moins celle de Nestor, mais la femme d'Hector.

Charmant hommage à la chanson de tonton Georges. Bravo ! Je ne sais pas si cela rendait la chose plus plausible, mais elle connaissait son petit Brassens illustré. Valait mieux revenir à la charge que disserter chansonnette. Je peux être têtu quand je veux.

— Admettons. Mais comment savez-vous qui je suis ?

— Si je vous le dis, vous ne me croirez pas.

— Dites toujours.

— C'est le médium.

Qu'on me prenne pour un imbécile et je me cabre, c'est instinctif.

— Quel médium ? sourcillai-je avec une hauteur glaciale.

— Le médium de la ligne 7. Il a non seulement su que les ondes cosmiques vous feraient penser à

Hector et vous donneraient envie de venir à Paris pour le voir, mais aussi que vous pourriez m'aider.

Les sornettes n'expliquent rien, j'en conviens. Pourtant, ses grands yeux charbonneux se fixaient sur moi avec sincérité et, incidemment, elle ouvrait une nouvelle porte bien étrange que je ne pus m'empêcher de franchir.

– Vous aider à quoi ?

– Hector est dans le pétrin.

– C'est-à-dire ?

Elle entrouvrit ses lèvres sanguines et je crus qu'elle allait répondre, mais son visage soudain se contracta et elle se tassa sur son siège, tel un oisillon face à un gros matou menaçant.

– Ne vous retournez surtout pas, ils sont là ! chuchota-t-elle d'une voix altérée.

– Qui ?

– Donnez-moi votre numéro de téléphone !

– Que je vous...

– Vite ! Je vous appellerai !

En y réfléchissant plus tard, je pense que c'est à ce moment-là que j'ai fait la plus grosse connerie. Je le lui ai donné.

Après l'avoir noté sur son portable, elle s'est effacée avec une vivacité qui m'a laissé pantois, s'est faufilée entre les tables, et je l'ai vue, de dos, fuir en courant sur le trottoir et disparaître au coin de la rue.

Je n'osais pas me retourner (vous l'auriez fait, vous ?) et je restai figé de longues et suantes minutes sur mon siège jusqu'à ce qu'une voix plate me tire de cette torpeur :

– Monsieur désire ?

Un grand échalas avec un plateau au bout du bras. Je me suis levé à mon tour, en balbutiant une réponse inaudible (un refus embarrassé), et je décidai de partir en remontant la rue dans la direction opposée à celle prise par la femme d'Hector dans l'espoir d'apercevoir ceux qui lui avaient fait peur.

Il y avait du monde, des gens d'une normalité irréprochable, si bien que je ne pus identifier personne et décidai, inquiet et troublé, de rentrer à mon hôtel.

Il fallait faire le point car, en très peu de temps, j'avais été submergé par un flot d'informations difficile à maîtriser.

Passons sur cette histoire de médium. Soit elle m'avait menti (mais pourquoi ?), soit il existait de fait des spirites extralucides dotés de capacités divinatoires exceptionnelles (hypothèse qui choquait mon esprit rationnel).

Mon ami d'enfance s'était marié. Cette jeune femme à la beauté insolite devait posséder de sacrées qualités pour stopper dans sa course folle un tel coureur de jupons, ce qu'aucune des innombrables conquêtes du bel Hector (car, lui, il est beau…) n'avait jamais réussi.

Il devait en être changé. Beau parleur, enjôleur, un rien hâbleur, l'Hector est tout l'inverse de votre serviteur qui (j'ai déjà eu l'occasion de le dire) conservera toujours un soupçon de timidité et, pour cette raison, est peu entreprenant avec les femmes. C'est ce qui ferait mon charme, m'a un jour assuré l'une d'entre elles. Peut-être, mais dans la drague de jeunesse, c'était beaucoup moins efficace que le baratin d'Hector (vraiment beaucoup moins).

Troisième élément, cet ancien bourreau des cœurs était dans la mouise et avait besoin d'aide. Et précisément de MON aide, d'après sa femme. Ce qui nous ramenait au fameux médium. Quelle ineptie !

Pour corser le tout, la femme d'Hector, dont je n'avais même pas obtenu le prénom, était poursuivie ou surveillée par des individus (« ils », s'était-elle écriée) capable de la faire décamper en un quart de seconde. Des espions ? Des malfrats ?

Tout cela n'avait ni queue ni tête.

Perdu ainsi dans mes incertitudes, je fus hélé par une voix encore enfantine :

– Monsieur, s'il vous plaît !

Je me retournai et je vis accourir un gamin de douze ou treize ans qui arriva, essoufflé, à ma hauteur.

— Monsieur, j'ai un message pour vous.

— Pour moi !?

— Oui. Voilà !

Et, fier de lui, il me tendit un bout de papier. Dessus étaient écrits un numéro de téléphone (un 06) et, en lettres majuscules, *APPELER URGENT*. C'était plus que singulier.

— Qui t'a donné ça ?

Il ne répondit pas vraiment à la question. Avec une jubilation évidente, il sortit de sa poche un billet de banque et l'exhiba sous mon nez.

— J'ai eu vingt euros pour cette mission !

— OK, mais c'était un homme ou une femme ?

— Un homme, monsieur.

Petite déception. Ce n'était donc pas la femme d'Hector. D'où une autre hypothèse, parce que je suis un esprit logique et rationnel : Hector lui-même. Il avait assisté de loin à ma rencontre avec sa femme, m'avait suivi discrètement et se serait servi de ce gamin pour me refiler son numéro de téléphone. Plausible. Par ailleurs, qu'il ne se montre pas confirmait qu'il avait de graves emmerdes.

Je tentai, sans y croire :

— On le voit encore, cet homme ? Tu pourrais me le montrer ?

— Non, il est parti. Il m'a dit qu'il était pressé et qu'il n'avait pas le temps de vous parler.

Bien, bien, évidemment…

– Vous n'avez plus besoin de moi, monsieur, je peux y aller ?

– Oui.

Il décampa comme il était venu, en courant, et je restai seul avec le bout de papier dans la main. Et, vous auriez fait pareil, j'appelai aussitôt. Ça sonna dans le vide, interminablement, sans messagerie.

Je rentrai à mon hôtel, composant de nouveau le numéro de temps en temps, mais sans plus de succès.

3

Allongé sur le lit de ma chambre, les bras croisés derrière la nuque, fixant le plafond, je ne savais plus que penser. Que penser, non, parce que c'était le brouillard complet. Mais à qui penser, oui.

Troublé par la beauté de cette jeune inconnue et lui ayant donné mon 06, j'attendais (que dis-je, j'attendais, j'espérais !) qu'elle donne de ses nouvelles, si bien que je me précipitai sur mon portable quand celui-ci vibra.

Un SMS.

J'appuyai fiévreusement sur l'écran pour l'afficher.

Si tu continues de traîner avec cette salope,
il va t'arriver un gros pépin
du genre qu'on n'est pas en mesure de raconter

Nom de Dieu ! J'ai jeté un coup d'œil instinctif vers la fenêtre comme si une rafale de mitraillette allait faire exploser les carreaux.

Puis, tout fiévreux, je regardai le numéro. C'était celui que le gamin m'avait refilé dans la rue. Quel crétin ! Je m'étais fait piéger comme un nouveau-né. En appelant ce numéro inconnu, j'avais donné le mien à ces dangereux individus qui surveillaient la femme d'Hector.

« Ils » m'avaient repéré à la terrasse du Lafayette et m'expédiaient un avertissement sans frais. Clairement, ils me menaçaient de mort.

Cette brève visite à Paris tournait au cauchemar.

Selon les circonstances, je peux être courageux, mais je ne suis pas un imbécile. Tirant mon sac de la penderie et le jetant sur le lit, j'y jetai pêle-mêle mes affaires (peu de choses en vérité, du linge de rechange et une trousse de toilette) et je quittai la chambre pour disparaître. Plus exactement pour cesser de « traîner avec cette salope ».

Rentrer à Lyon en filant à la gare du même nom était devenu mon seul et unique objectif.

Dans la rue, allongeant un pas nerveux, j'avais presque envie de crier « Je pars, je pars, ne tirez pas ! », histoire de lever toute ambiguïté sur ma position (des fois que des tueurs un peu trop expéditifs soient embusqués sous des portes cochères).

Dans le métro, je me tenais loin de la bordure du quai pour éviter d'être précipité sur les rails par des paluches malintentionnées, et j'en sortais en remontant les marches quatre à quatre. Il s'agissait avant tout de ne pas s'attarder, de montrer ma bonne volonté, de suggérer le gars raisonnable qui a parfaitement compris le message et l'exécute à la lettre.

Gare de Lyon, j'avisai le guichet où acheter mon billet et, patientant dans la file, je me sentais rassuré. Si j'étais épié, mon comportement témoignait de ma détermination.

Il s'en est fallu d'un rien que je puisse regagner mes pénates, sauvant ainsi ma peau à la faveur d'une sage et juste décision. Hélas, le portable, cette invention diabolique, vibra de nouveau dans la poche de mon blouson.

Rebelote, un SMS. J'avais les doigts tremblants en l'affichant sur l'écran.

Rendez-vous aux colonnes de Buren du Palais-Royal. J'y suis, je vous attends. Il faut absolument que je vous parle. La femme d'Hector

Mon premier réflexe fut d'effacer le message. Le second de le relire. Une erreur. Un bouillonnement se produisit dans mon cerveau et ma lucidité s'égara dans une brume épaisse. Malgré le danger, je perdis pied.

En un mot comme en cent, la vérité est que, la femme d'Hector, j'avais envie de la revoir. Voilà, c'est idiot, mais c'est comme ça. Vous me direz que c'est à ce moment-là que j'ai fait la plus grosse connerie et non en lui donnant mon numéro de téléphone. C'est inexact, car la seconde connerie découle de la première, laquelle désire trop la seconde pour y échapper.

Quand le guichetier m'interpella, je lui jetai un regard parfaitement idiot et partis sans un mot. Empruntant la ligne 1 du métro, un gros quart d'heure plus tard j'avais les petites colonnes bariolées en vue et commençais à les arpenter à la recherche de… dire que j'ignorais encore son prénom !

J'acquis rapidement la certitude qu'elle n'était pas là. On sent ces choses-là, et une colère impuissante supplantait peu à peu mon espoir de la revoir. J'enrageais. Bordel, elle se jouait de ma personne. Et moi, tel le benêt de service, j'accours dès qu'on me sonne…

À moins que ce texto ne fut un piège des tueurs ? Effrayé, je comparai les numéros des deux SMS, ils étaient différents. Cela ne constituait pas une preuve, mais me rassura néanmoins. J'allais appeler (le second numéro…) quand, au même instant, il y eut un troisième SMS.

Excusez-moi, David, mais j'avais besoin de vérifier que personne ne vous suivait. Allez dans le jardin des Tuileries, je vous y rejoins

La politesse inattendue du message, ainsi que le discret rappel de mon prénom, me fit fondre. Mon aigreur tomba d'un coup. Et me voilà reparti en trombe, traînant mon sac de voyage, vers le parc à deux pas du Palais-Royal.

Vastes espaces, grandes allées, beaux arbres respirant la santé (un effet bénéfique de l'excès de CO_2 qui favorise leur croissance), des promeneurs sans stress, une vraie bouffée d'air frais, ce jardin, mais je me demandais comment j'allais la retrouver, quand elle me héla. Là encore, elle était parvenue à se glisser dans mon dos sans que je m'en aperçoive.

Elle avait changé de tenue, mais elle était toujours aussi attirante. Et même davantage. Un charme lumineux, auquel seule une brute aurait été insensible.

— Venez par ici, murmura-t-elle en m'agrippant le poignet et en désignant deux fauteuils verts en fer, positionnés en vis-à-vis sous l'abondante frondaison d'un marronnier.

Assise face à moi, elle croisa les jambes, s'installant confortablement, un avant-bras sur l'accoudoir, comme si elle s'apprêtait à prendre le thé. Le moins que l'on puisse dire est que la situation ne paraissait pas l'alarmer.

Cette fois-ci, j'étais mieux préparé (je ne suis quand même pas le genre de type qui perd tous ses moyens dès qu'une jolie femme lui adresse la parole) et avant même qu'elle ne s'exprime, je lui montrai le message qui m'avait précipité à la gare de Lyon.

– Ils veulent me tuer ! m'écriai-je, passant avec pudeur sur l'injure la concernant.

Inconsciente ou mieux informée, elle minimisa :

– Non, ils intimident. Ils ne vont pas vous tuer, ils vous le font croire, c'est différent. Calmez-vous.

– Où est Hector ? Pourquoi ce n'est pas lui qui me contacte ?

– Trop dangereux. Mais tu le verras bientôt.

Le tutoiement me prit au dépourvu. Pourtant, il était logique. J'étais le plus vieil ami d'Hector, pour sa femme, il allait même de soi. Malgré ma surprise, je parvins à garder mon naturel et enchaînai :

– Tu voulais me parler ? Parce que, moi, un seul avertissement de ce tonneau-là me suffit, je me tire ! lançai-je en soulevant mon sac de voyage comme preuve d'une décision irrévocable.

– Tu ne peux pas laisser tomber ton ami d'enfance.

Aïe, les sentiments, la culpabilité, le défi… Un registre toujours délicat, surtout si on ne veut pas passer pour un lâche, un égoïste ou un beau salaud.

– Si sa vie est en danger, prévenez la police ! répliquai-je pour faire diversion.

— On ne peut pas.

— Pourquoi ?

Une incertitude se lut sur son visage. Ses grands yeux charbonneux se fixèrent sur moi, l'instant dura, suspendu, irréel, mais je ne me rebellais pas, hypnotisé par son regard.

— Hector est en délicatesse avec la police et, en l'occurrence, ils ne pourront rien pour lui. Il n'y a que toi. Le médium l'affirme, et si tu…

— Assez, avec ce médium ! Je n'y crois pas !

Un seul mot avait fait exploser le pouvoir de séduction qu'elle exerçait sur ma personne. Évoquer de nouveau cette sottise de paranormal, alors que je suis (je le répète) si rationnel, me mit hors de moi. Encore une fois, soit elle se foutait de ma gueule, soit elle était sotte au point de croire aux plus naïves des superstitions.

La violence de ma réaction l'avait clairement douchée. Elle s'était crispée sur son siège et les doigts de sa main droite s'étaient refermés sur l'accoudoir pour le serrer avec force. Elle tentait de se dominer.

— Tu ne devrais pas te moquer du médium de la ligne 7, dit-elle sur un ton étrange, presque hostile.

— Eh bien si, je m'en moque, de ton médium ! insistai-je avec férocité.

Là, je devenais agressif, et même bête, ce qui un peu la même chose d'ailleurs. Elle me considéra avec un air navré et chagriné avant de reprendre la parole sur le ton d'une maîtresse s'adressant à un élève immature :

– Le monde possède des profondeurs et des cheminements que tu ignores. Tu n'en connais que la surface.

Bon, avec ce genre de mystique un peu allumée, il faut crever l'abcès. J'étais prêt à cela, et si je pouvais la ramener dans le droit chemin de la rationalité j'aurais accompli une bonne action.

La méthode ? Simple. D'abord entrer dans son jeu, sournoisement, pour tout piétiner ensuite en lui démontrant la supercherie.

– OK. Eh bien, je voudrais le rencontrer, ton médium. Juger sur pièce pour me faire ma propre opinion.

Touché ! Elle fut déstabilisée par cette proposition et il en résulta une longue hésitation qui s'acheva par une protestation maladroite :

– Le médium, c'est difficile de le voir… Il faut être initié et tu ne l'es pas…

– Je ne demande qu'à l'être.

Oh là là, que je la mettais dans l'embarras ! Elle se tortillait sur son fauteuil. Pouvais-je en conclure qu'elle mentait à ce sujet depuis le début ? Pour m'en convaincre, je la poussai dans ses retranchements en lâchant un impérieux :

– Téléphone-lui !

— Maintenant ? bafouilla-t-elle.

— Maintenant, ou je pars !

Et, derechef, je brandis mon sac de voyage pour illustrer mon propos. Elle tendit une main en avant, comme pour me retenir, et se leva.

— Attends ici. Je vais tenter de le convaincre de te sonder en ta présence.

Allons donc, me sonder !

Elle s'écarta, beaucoup plus loin que je ne le pensais, hors de portée de mon ouïe (que j'ai pourtant fine), et elle tournait en rond sous un autre marronnier, le portable collé à son oreille.

À son retour, elle avait récupéré une totale maîtrise d'elle-même.

— C'est une procédure très inhabituelle, mais il reconnaît que les circonstances sont exceptionnelles. Ce sera ce soir.

— Où ?

— Chez lui. Il faudra respecter les lieux et sa personne. Tu t'y engages ?

— Absolument.

J'eus à peine le temps d'imaginer que j'allais passer l'après-midi avec elle qu'elle me quitta sans précaution en me lançant :

— À 20 heures, on se retrouve à la station Stalingrad, sortie rue de l'Aqueduc.

— Ah ?

Elle eut l'air de s'amuser de ma surprise (mince sourire énigmatique), puis elle tourna les talons, s'éloignant à marche forcée, telle une voyageuse qui va manquer sa correspondance.

En la regardant disparaître, je songeais que j'ignorais toujours son prénom.

4

En revanche, j'avais appris qu'Hector évitait les flics et que ceux-ci ne pouvaient lui être d'aucun secours. Au contraire, sans doute. Étrange autant qu'inquiétant. Que trafiquait-il pour s'être mis dans une telle situation ? Par paresse, j'ai toujours été honnête, si bien que je restais incapable d'imaginer l'activité illicite à laquelle il s'adonnait.

L'attente fut longue. À midi, je déjeunai dans un kebab, puis traînai dans les rues et les parcs jusqu'au soir, dînai sur le pouce (un autre kebab...) et, à 19 h 30, je rôdais déjà rue de l'Aqueduc, autour de la station Stalingrad.

La panique que j'avais ressentie à la lecture du message des tueurs s'était dissipée et transformée en une vague inquiétude. Trompeuse, l'absence de nouvelles menaces n'incitait pas à la prudence et recouvrait peu à peu d'un voile d'irréalité les événements des dernières vingt-quatre heures.

À l'heure pile, elle émergea du métro, grimpant les marches avec légèreté et le plus grand naturel, sans se presser, me souriant dès qu'elle m'aperçut. J'eus à peine le temps de la saluer qu'elle me lançait cette mise en garde :

– David, il faut me promettre d'être respectueux. Ce que tu penses, tu me le diras après, pas en sa présence. Du respect avant tout.

– Je te le promets, répondis-je avec application.

C'était d'ailleurs bien mon intention. Je ne cherchais pas la controverse, la querelle, l'esclandre, seulement à tordre le coup à une superstition et à la convaincre, elle, de son égarement.

Nous prîmes une direction inconnue (pour moi, qui ne connais pas la capitale), empruntâmes plusieurs rues en changeant souvent de trottoirs, jusqu'au moment où elle s'arrêta et sortit un foulard de sa poche.

– Il faut que je te bande les yeux.

– Tu es sérieuse ?

– Oui, il ne veut pas que tu saches où il habite.

– C'est quand même gonflé…

– Tu as promis.

Objectivement, ce n'est pas tout à fait ce que j'avais promis, mais j'avais un tel désir de la mettre en confiance que je pliai les genoux, penchant la tête en avant (je suis grand, elle est petite…) pour lui permettre de nouer derrière la nuque le ruban passant sur mes paupières fermées.

Me tenant par la main, elle me guidait pour éviter les passants, les poteaux et les poubelles. Je devais avoir l'air assez ridicule, mais ce qui est appréciable à Paris, c'est cette indifférence générale où plus rien n'étonne personne.

Même s'il me parut long, le trajet fut sans doute court. Elle me fit soudain pivoter et pénétrer dans un immeuble, me prévenant au moindre obstacle : « Attention rétrécissement », « Attention escalier », « Attention palier », etc. Mon seul souvenir de cet étrange périple sont des marches en bois (plus souples aux pieds) et une vague odeur de cire et de renfermé.

Quand je passai le seuil de l'appartement, je fus saisi par un parfum d'encens qui collait avec l'atmosphère orientale et mystique que j'avais imaginée. Après m'avoir déchaussé et délesté de mon sac de voyage, elle me promena dans les pièces avec des allers et retours, comme si elle cherchait à me désorienter (je l'étais déjà), puis me fit asseoir sur un pouf, qui s'écrasa sous mon poids en soupirant, et détacha le bandeau avant de s'éclipser.

Le pouf était situé à l'angle d'une chambre aux murs entièrement recouverts de tentures multicolores ornées de motifs indiens ou pakistanais. Au plafond, des sortes de vastes paréos flottaient avec grâce. De lourds rideaux tombant jusqu'au parquet cachaient l'unique fenêtre, empêchant de voir l'extérieur (il commençait à faire nuit, de toute façon), et d'épais tapis moelleux s'empilaient sur le plancher. Les lumières étaient tamisées et dissipaient des nuances jaunes et orangées. Il faisait chaud, aussi, et je retirai mon pull pour me mettre bras nus, en tee-shirt.

Il entra par la porte comme le tout-venant (ce n'était donc pas un dieu…), mais niveau apparence, il avait mis le paquet. Un putain de look ! Des babouches aux pieds, un pantalon bouffant serré à la taille par une ceinture en tissu, une chemise ample à col en V et lacets, des tatouages cabalistiques sur les mains, chauve (ou crâne rasée) et, enfin, sourcils broussailleux et moustache tombante à la Tarass Boulba.

Bref, il faisait impression, le mec. En même temps, il était trop et avait tout du charlatan.

C'est dur de penser que des personnes sensées puissent tomber dans le panneau de tels escrocs. Que faisait donc la femme d'Hector dans les pattes de cette caricature ? Une réaction chevaleresque, à l'ancienne, issue du patient formatage des sexes au cours des millénaires passés, me fit me dresser comme un petit coq sur mon pouf, prêt à l'affrontement, au défi et au combat.

Cependant, j'avais promis. Du respect, pas d'esclandre, pas de querelle vaine. Respect, respect… saleté de promesse !

Mettre les failles de sa logique en évidence, débusquer ses astuces de magicien, épingler ses raisonnements tautologiques, l'enfumage, telle était la stratégie que je décidai d'adopter. Et, pour débuter, se taire, le laisser venir, attendre le meilleur moment pour frapper.

À l'angle opposé de la chambre, distant donc de cinq à six mètres, il s'était assis en tailleur sur une natte en jonc d'apparence plutôt rêche, le dos bien droit, les avant-bras sur les genoux, l'extrémité des doigts écartés se touchant par paire.

Il me fixait sans que sa physionomie exprimât un quelconque sentiment ou la moindre émotion. Mais peut-être le faible éclairage ne me permettait-il pas de lire les expressions de son visage ?

— La diagonale de la pièce est le meilleur chemin pour un rapprochement de nos deux entités psychiques, dit-il.

Bien sûr, cause toujours, mon bonhomme…

— La passion de l'ignorance caractérise la multitude, poursuivit-il. La peur de découvrir la vérité est responsable de l'esclavage dans lequel les masses se vautrent et sont maintenues par leurs dirigeants. Hélas, la connaissance, qui s'acquiert au terme d'un long et patient labeur, ne peut pas être imposée par la force à celui qui la refuse.

J'eus la nette impression d'être visé par cette introduction. Pour montrer qu'il ne m'impressionnait pas, je décidai de le tutoyer :

– Quel est ce manque d'humilité qui te fait penser que tu détiens la connaissance et que les autres sont dans l'ignorance ?

Je crus le voir sourire.

– As-tu la moindre idée des trois voies qui permettent d'accéder à un niveau supérieur de conscience ?

– Il y en aurait donc trois ? rétorquai-je avec une ironie moqueuse.

– La première est celle du fakir, poursuivit-il avec calme. Elle permet de contrôler la souffrance physique et c'est probablement la seule dont tu as entendu parler. L'Oriental nu allongé sur une planche de clous fait partie de l'imagerie de l'Occidental. Tu visualises cette image, n'est-ce pas ?

Oui, je voyais très bien, mais je refusais d'acquiescer pour ne pas lui donner l'occasion d'une première victoire.

– La seconde est celle du moine, voie de la foi, du sentiment religieux et du sacrifice. Elle permet d'exercer sa volonté sur toutes ses émotions personnelles, de les dominer et d'atteindre leur unité, pour les soumettre à une seule émotion, celle de la foi, et de se mettre au service exclusif de Dieu, c'est à dire de Celui qui est.

Il marqua une pause, puis lâcha avec une modestie feinte (ou désarmante) :

— J'ai suivi la troisième voie.

Et il se tut, m'obligeant à le relancer :

— Qui est ?

— Celle du yogi.

— Tu pratiques le yoga ?

Il haussa brièvement les épaules.

— Oui, mais c'est bien au-delà de cela. Le yogi est la voie de la connaissance et du développement de l'intellect. Elle permet d'ouvrir la porte sur le savoir. Le yogi sait tout.

— Vraiment ?

Et je ne pus retenir un ricanement irrespectueux (J'avais promis, pourtant).

— Je sais tout, mais je ne peux rien faire, car la capacité d'agir me manque, n'ayant pas la maîtrise de mon corps physique, comme les fakirs, ou celle de mes émotions, comme le moine. Mais eux sont dépouillés du savoir que je possède. Si, en tant que yogi, je pouvais être également fakir et moine, je deviendrais un surhomme en accédant à la quatrième voie de l'être agissant, le but ultime. Mais pour cela il me faudrait plus d'une vie de travail sur moi-même, et celle-ci est trop courte.

La quatrième voie, pourquoi pas la quatrième dimension ! Ce baratin, il devait l'avoir servi des milliers de fois. Il allait falloir secouer ce cocotier du savoir pour en montrer la vacuité.

Pourtant, alors que je m'apprêtais à intervenir, il reprit la parole :

– On me dit que tu ne crois pas en mes prédictions.

– Qui ? dis-je, assez faux-cul (comme si je l'ignorais).

– La jeune femme qui place en toi beaucoup d'espoir. Elle a raison, tu peux beaucoup. Si tu prends conscience de tes forces, de tes pouvoirs et de ton génie propre. Il te suffit d'avoir confiance.

– En toi, par exemple ? susurrai-je sur un ton fielleux et caustique.

– Non, tu ne comprends pas. En toi, pas en moi. Moi, je ne fais que transmettre le savoir, toi tu en fais ensuite ce que tu veux.

– Je ne crois pas que tu aies prédit mon arrivée à Paris.

– C'est absurde de se mentir à soi-même par refus d'admettre l'évidence. Qui le savait ? Comment la femme d'Hector aurait-elle su si je ne l'avais pas avertie ? Si je ne lui avais pas indiqué l'importance que cette visite revêtait pour elle et pour son mari ? Ce qui l'a poussée à t'intercepter et à te rencontrer. Je t'ai annoncé, tu es venu.

— Comme les Écritures auraient annoncé Jésus, c'est ça ?

— En quelque sorte.

Eh bé, la dérision ne paraissait pas l'atteindre. Je me gaussais et adoptais le ton de la plaisanterie, continuant à jouer l'esprit moqueur, mais j'avoue que je ne trouvais pas d'explication rationnelle à l'énigme qu'il me posait. Par quel sortilège avait-il appris que j'allais débarquer à Paris ?

— Jésus meurt sur la croix, c'est pas très engageant, dis-je.

— Inutile de prolonger cet entretien. Je te l'ai dit en préambule : la connaissance ne peut être imposée à celui qui la refuse. Or, tu te dérobes et n'écoutes rien.

Mince, il se braquait et, au final, je n'en avais rien tiré de concret. Je cherchais quelque chose (d'intelligent si possible) à répondre, mais j'étais assez vide d'arguments, sinon que je ne croyais pas à la divination ni à tous ces gourous orientaux. Ça faisait un peu trop borné, un peu trop bas de plafond, pour être assené sans enrobage intellectuel, sans un soupçon de vernis conceptuel, même factice.

Il ferma les yeux et porta ses deux mains jointes sur son nez et le bas de son visage. J'ai cru qu'il allait me congédier comme un malpropre. Bien au contraire :

— Si tu ne te fermes pas, je peux faire une ultime prédiction.

– Laquelle ?

– Tu hésites à fuir ou à t'investir. Je peux fournir la réponse. Veux-tu savoir ?

– Vas-y toujours, cela n'engage que toi.

– Non, pas moi, toi. Décidément, l'incrédulité est chez toi une profession de foi, une raison de vivre. Tu n'avanceras jamais dans cet état de sommeil qui est le tien.

– Merci. Bon, allez, fais-le, ton exercice divinatoire, qu'on en finisse.

Je sentais que je devenais odieux et que j'avais jeté par-dessus bord la promesse faite à la femme d'Hector.

– Tais-toi, maintenant, répliqua-t-il sèchement. Tu interfères, avec tes ondes négatives.

C'est parce que je m'en voulais vis-à-vis d'elle que je me tus. Il baissa la tête, posa les mains sur ses genoux, et demeura absolument silencieux pendant plusieurs minutes. Je vous assure que c'est long d'être assis sur un pouf (je commençais à avoir mal au dos en raison de l'absence de dossier) à attendre un verdict sur sa conduite future.

Paradoxe. Je ne croyais pas à sa prédiction, mais je l'attendais avec impatience. Les charlatans prolifèrent sur un terreau fertile : notre désir de connaître l'avenir. Quel esprit faible que l'être humain…

Il chantonna en sourdine une sorte de mélopée monocorde, balança à plusieurs reprises sa tête d'avant en arrière, puis s'interrompit et rouvrit les yeux. Et, chose extraordinaire, il me sourit. C'est compliqué de faire la gueule à quelqu'un qui vous sourit. Sourire chaleureux, de surcroît.

– Je suis heureux, dit-il.

– Pourquoi ?

– Parce que tu vas décider de l'aider.

– Ah bon ?

– Au fond, malgré ce côté buté que tu aimes à te donner, tu es un homme bon, généreux, ouvert à l'amour et à la fraternité.

Je restai sans voix. Vous auriez réagi, vous ?

Il se leva.

– J'ai besoin de repos. Elle va te raccompagner. Adieu.

Et il quitta la pièce sans ajouter un seul mot.

5

Je me suis retrouvé dans la rue, les yeux bandés, mon sac de voyage dans une main et, dans l'autre, la fine petite menotte de la femme d'Hector. Délicieux contact qui m'apaisait.

M'apaisait parce que je n'étais pas parvenu à ridiculiser le médium, ce qui m'avait irrité. De plus, il avait achevé l'entretien sur des paroles d'une grande gentillesse à mon égard et, on ne le sait que trop, l'être humain est très sensible à la flatterie. Et, honte à moi, je n'ose l'écrire, je l'avais même trouvé sympathique à ce moment-là.

Elle m'enleva le foulard et je découvris une rue quasi déserte éclairée par des lampadaires. Aussitôt, en me serrant l'avant-bras, elle murmura avec une joie émouvante :

— Je sais que tu vas aider Hector. Je ne sais pas comment te remercier, David. Tu es un amour.

Un amour… Elle me disait cela sans penser à mal, à moi qui avais l'impression de l'aimer. Déjà vaincu, je balbutiai :

— Qui te l'a dit ?

— Lui.

Le médium, évidemment ! Vous la voyez, la fourberie ? Il invente une prédiction et, ensuite, il fait en sorte qu'elle se réalise en me mettant dans une telle situation que je n'ai plus le choix que de l'accomplir. Malin. Très fort, ce type.

N'était-ce pas, cependant, mon souhait le plus ardent ? Demeurer en contact avec la femme d'Hector le plus longtemps possible.

Je sais, ce n'est pas bien de lorgner la compagne d'un ami. Mais je n'avais aucune intention malhonnête. Vraiment. Je me sentais aussi pur et innocent que l'oisillon dans son nid au sortir de sa coquille. D'ailleurs, pour le démontrer et lever toute ambiguïté à cet égard, je pris le ton de celui qui a conscience de la mission à accomplir :

— Il faut que je parle à Hector, et vite.

— C'est prévu. Je t'y emmène.

Ah, finalement, tout était décidé, planifié, avant même que j'acquiesce. J'eus le sentiment d'abandonner le gouvernail de ma vie. On me pilotait, mais la personne qui tenait la barre était la femme d'Hector, ce qui annihilait chez moi toute perspective de rébellion.

Elle m'y emmenait, certes, mais pas dans la foulée, puisqu'elle pénétra dans un bar. Un délai afin de planifier la rencontre en toute sécurité s'avérait sans doute nécessaire. De nouveau, elle me laissa seul à une table, face à deux cafés qu'elle avait commandés avec autorité, et ressortit sur le trottoir pour téléphoner. Du coin de l'œil, derrière la baie vitrée, je l'observais arpenter le macadam de long en large, écoutant plus qu'elle ne parlait.

Quand elle revint, elle consentit à me donner une explication :

— Dans une demi-heure, il me donnera l'adresse de l'hôtel où il dormira cette nuit. Il en change chaque jour ou presque, c'est plus prudent.

— On cherche à le tuer ?

— À le tabasser, à l'amocher, pas à le tuer. Nuance. Des gens peu recommandables chez qui la patience est peu développée.

— Tu ne les connais pas ?

— Non. Hector seul les connaît.

— Et les ennuis d'Hector, tu sais forcément de quoi il s'agit ?

— Oui.

— C'est quoi ?

— C'est à lui de te le dire.

Cette dernière réponse suscita en moi une amorce de méfiance. Un contrôle s'exerçait sur ce que je devais savoir. Elle ne semblait pas habilitée à m'expliquer les tenants et les aboutissants de l'affaire, peut-être parce que le brave Hector choisirait avec soin ce qu'il voulait me révéler ou non. Or, il était hors de question que je reste dans l'ignorance de ses activités, si illégales soient-elles.

Histoire de mettre les choses au point, je mâchonnai une réponse appropriée avec le ton de celui qui n'aime pas qu'on lui raconte des bobards :

– Il a intérêt à tout me dire.

Elle me jeta un regard oblique que je ne sus pas déchiffrer. Puis elle murmura :

– David, il faut que tu lui fasses confiance.

David, David… Elle abusait de mon prénom.

– Moi, c'est David, rétorquai-je, tel un mec qui se présente pour la première fois. Et toi ?

– Libertad.

Devais-je la croire ?

6

C’est à pied que nous gagnâmes l’hôtel où Hector avait élu domicile. Fort heureusement, à peine cinq minutes de marche nous en séparaient, car la journée, riche en rebondissements divers et souvent inquiétants, commençait à m’épuiser. Dieu merci, la production d’adrénaline liée au stress (j’ai appris cela en sciences-nat sur les bancs de l’école) empêchait la fatigue de me terrasser.

Un garni miteux muni d’une porte d’entrée qui grinçait atrocement, un gars à moitié effondré derrière son guichet, des ampoules anémiées éclairant faiblement le vestibule, un escalier recouvert d’un lino gris maculé d’auréoles et de taches noirâtres, voilà le palace où mon ami d’enfance s’était réfugié pour la nuit. L’ambiance n’était pas à la rigolade.

Au second étage, Libertad frappa trois petits coups (tu parles d’un code...), attendit cependant l'autorisation avant d'entrer résolument, tandis que je la suivais avec plus de circonspection.

Allongé sur le lit, Hector jeta les bras au plafond dès qu'il m'aperçut.

– Tu es venu, vieux frère !

Il se leva prestement et me serra si fort que j'en eus le souffle coupé et lâchai mon sac de voyage qui tomba sur le sol.

– Ah, le rouquin, comme ça me fait plaisir de te voir !

J'ai dû balbutier quelque chose, mais je ne m'en souviens plus. Ce que je me rappelle bien, en revanche, c'est qu'il attrapa ensuite Libertad par la taille, la plaqua contre lui et posa ses lèvres sur les siennes. Agaçant…

La chambre était à l'avenant des prestations grandioses de l'hôtel. Étroite, un couvre-lit de grand-mère, une moquette d'une saleté repoussante, une penderie branlante, une ampoule dénudée au plafond, pas de télé. Et pas de minibar, évidemment !

Mais Hector avait sa réserve : une bouteille à moitié pleine qui traînait sur la table de nuit. Il dégotta dans la salle de bain deux verres à dents (en plastique, oui), plus un gobelet de machine à café, et les remplit à ras bord de whiskey.

– C'est tout ce que j'ai, sourit-il d'un air engageant. Ça va nous faire du bien.

Il avait peu changé. Des traits certes plus accusés mais pas trop, quelques rides discrètes, peut-être un ou deux cheveux blancs par ci par là, rien de préoccupant. Il était toujours le bel Hector, le tombeur de filles (insensible à leurs tourments) que j'avais toujours connu. Pour une personne dont l'existence était menacée, il tenait le coup.

Il s'installa de nouveau confortablement sur le matelas, incitant d'un geste désinvolte Libertad à le rejoindre, ce qu'elle fit, et me désigna la chaise orpheline qui s'ennuyait contre le mur.

Ainsi, à la tête du lit, je me sentis assez seul, assis comme un con, alors qu'un couple face à moi se serrait l'un contre l'autre, flanc contre flanc. La situation m'évoquait de vieux souvenirs, celui de l'ado à la fin d'une soirée qui constate que son copain s'est trouvé une nana et que, de son côté, il a encore fait chou blanc.

– Longue vie à toi, mon cher Livingstone ! déclama-t-il, levant son gobelet comme s'il portait un toast au roi d'Angleterre.

Il but une rasade et répéta :

– Vraiment, vraiment, ça me fait plaisir de te revoir, le rouquin !

Tant mieux, je n'en doutais pas, mais je n'étais pas venu pour me saouler la gueule. Et s'il pouvait éviter de m'appeler « le rouquin » en présence de Libertad, ce ne serait pas plus mal. Incorrigible

Hector, qui savait pourtant très bien que je ne supportais pas ce sobriquet.

— Tu as des ennuis, affirmai-je.

— Quelque peu, et je te remercie du fond du cœur d'accepter de m'aider. Je n'en ai pas douté, mais c'est très chic de ta part.

Lui aussi... Décidément, ils s'étaient donné le mot pour m'engluer dans une toile d'araignée de remerciements chaleureux dont je ne pouvais plus m'extirper.

À défaut de pouvoir désormais refuser, allons droit au but, pensai-je.

— C'est quoi, ton problème ?

Il porta de nouveau le gobelet à ses lèvres avant de répondre. Libertad se taisait et j'aurais été bien incapable de deviner ce qu'elle pensait.

— C'est simple. Dans le commerce, les clients veulent être servis de plus en plus vite par leur fournisseur. Les délais se raccourcissent jusqu'à devenir impossibles à tenir. J'en pâtis. On me demande trop, trop vite, et je suis en contact avec des acheteurs qui manquent de compréhension. Croyant que je travaille en dilettante, que je me préoccupe mollement de leur commande, ils se sont mis en tête de me donner une leçon si je ne satisfaisais pas leur exigence avant... vendredi dernier.

— Vendredi dernier !? Mais ça fait quatre jours !

— Précisément. Depuis, je me soustrais à leur vindicte, je me volatilise, je joue la fille de l'air, l'Arlésienne. C'est pénible, mais tu vas me sortir de là.

— Et comment vais-je te sortir de là ?

— Je ne sais pas encore.

— Quoi !? Tu te fous de moi ? Mais, enfin, Hector, pourquoi penses-tu dans ce cas que je peux t'aider !? C'est absurde, tout ça !

— Si, bien sûr, je sais pourquoi…

— Je t'écoute.

Joignant le geste à la parole, je croisai les bras, le visage fermé, le buste en retrait, indiquant bien par cette claire attitude corporelle que je n'allais pas m'en laisser conter.

Ma crédibilité était en jeu. J'avais affirmé à Libertad – dont les yeux charbonneux étaient fixés sur moi – qu'Hector ne devait me celer aucun secret. Or, il n'avait strictement rien dévoilé, sinon un baratin confus sur les lois du commerce et l'intransigeance des acheteurs. Et à présent il me menait en bateau en déclarant qu'il ne savait même pas comment je pouvais l'aider !

Nous ne partions pas du bon pied, dans cette affaire.

Au lieu de me répondre, il pivota vers Libertad et se pencha sur elle en posant une main sur son ventre (j'ai cru qu'il allait la peloter devant moi) et lui susurra à l'oreille d'une voix mielleuse horripilante :

– Je suis affamé, chérie. Est-ce que tu pourrais aller me chercher un petit quelque chose à grailler ? Y a un arabe ouvert au coin de la rue.

Elle ne parut pas étonnée par cette exigence et se leva aussitôt avec une servilité déprimante. Hector attendit que le bruit de ses pas s'estompe dans le couloir pour reprendre la parole :

– David, il faut d'abord me promettre de ne pas monter sur tes grands chevaux et d'arrêter de prendre les gens pour des crétins naïfs, commença-t-il à voix basse.

– Moi, je prends les gens pour des crétins naïfs ?

– Oui, et pas qu'un peu.

– Première nouvelle, fis-je, contrarié. Explique-toi.

– Et aussi de ne pas te fâcher.

– Je ne me fâche pas.

– Un peu quand même, non ? répliqua-t-il en me gratifiant de ce sourire charmeur qu'il avait toujours utilisé pour amadouer son monde.

Je restai de marbre. Faut pas exagérer non plus, je n'avais plus quinze ans.

– Je sais que tu peux m'aider, reprit-il, parce qu'une personne en qui Libertad a toute confiance et qui, d'après elle, ne s'est jamais trompée l'a affirmé.

— J'ai peur de deviner...

— Oui, il s'agit du médium de la ligne 7.

Il dut sentir mon exaspération, car il ajouta précipitamment avant que je n'ai le temps de réagir :

— Et tu me connais, David, je ne suis pas un crétin naïf.

Ça, c'était exact. Hector est tout sauf naïf ou crétin. Cette remarque me coupa la chique. Il en profita pour dérouler son argumentation :

— Libertad fréquente ce médium depuis très longtemps, bien avant que je la connaisse. Elle en est très admirative et y est très attachée. Tu l'as vexée avec ton mépris, ta suspicion, et cet acharnement inquisiteur à vouloir le rencontrer.

— Elle te l'a dit ?

— Libertad ne me cache rien.

Cette précision m'attrista.

— Moi, sur le fond, je n'y crois pas, poursuivit-il sur le ton de la confidence et en posant ses deux mains à plat sur sa poitrine. Je ne suis ni mystique ni superstitieux. Mais force est de constater qu'il a prédit ta venue à Paris. J'en reste scotché ! C'est un fait, un fait incontournable. Toi-même, si rationnel, tu ne peux pas l'expliquer. Hein, réponds-moi, tu l'expliques, toi ?

— Pas pour l'instant.

— Bon, ben voilà, moi non plus. Libertad me supplie de suivre les révélations de son médium et je le fais parce que je suis ébranlé dans mes certitudes.

Je l'étais également, mais je ne voulais pas l'avouer…

– Et aussi, conclut-il avec conviction, parce qu'elle est la femme de ma vie et que je l'aime.

Je comprenais soudain qu'il n'avait peut-être pas très faim, mais qu'il avait éloigné Libertad pour me raconter tout cela. Un peu perdu, je cherchais à reprendre la main :

– D'abord, dis-moi de quoi il s'agit. Quel type de commerce et quels acheteurs ?

– Je te jure que tu sauras tout, mais il est encore trop tôt. Pour l'instant, il vaut mieux que tu n'en saches pas trop. C'est un peu illégal, mais pas beaucoup.

– Pas beaucoup ? fis-je en haussant les sourcils.

– Non, pas beaucoup. Je ne suis pas un criminel, je ne tue personne.

– Tu vends de la drogue ?

– Non, non, tu n'y es pas du tout ! Je t'assure que ce n'est pas une histoire de drogue. Pour le coup, ce serait criminel, ça !

Il avait l'air sincère.

Son téléphone, posé sur la table de nuit, se mit à vibrer. Il s'en empara, regarda le nom du correspondant, bondit hors du lit et, avant de décrocher, me fit signe de me taire. Un signe impérieux qui ne souffrait pas de discussion.

Puis il passa dans la salle de bains, repoussant du coude la porte derrière lui, mais celle-ci, animée d'une force insuffisante, rebondit sur la serrure et resta légèrement entrebâillée. Même si on ne veut pas écouter une conversation, il arrive qu'on ne puisse pas éviter de l'entendre. Ce fut mon cas. La partition de son interlocuteur ne me parvenait pas, mais celle d'Hector était parfaitement audible.

— Oui, monsieur Kastel… Non, non, vous ne me dérangez pas… Absolument, j'ai ce que vous m'avez demandé… C'est quand vous le souhaitez… Demain soir ? Pas de problème… Au local ? Entendu… Combien ? Euh, je vous le fais pour le même prix que d'habitude, y a pas de raison… En cash bien sûr…

À l'évidence, il s'agissait d'une transaction commerciale. En liquide, donc illicite. Je pénétrais au cœur des activités de ce vieux forban.

— Je ne viendrai pas moi-même, mais j'enverrai un ami très proche… Si, si, en qui j'ai toute confiance…

Là, inutile de vous faire un dessin, vous l'avez deviné, c'est de moi qu'on parlait. Mon estomac se noua.

— … Parce que je me cache, les frères Lupion me font des misères… Ils s'impatientent, ils deviennent méchants, mais je vous avais donné la priorité, et je ne peux pas aller plus vite que la musique. Cela, vous pourriez le leur expliquer. Ils seraient sensibles à vos arguments, vous avez l'autorité et l'antériorité nécessaires, et ils ne peuvent rien faire sans votre aval…

Un silence assez long me fit presque croire que M. Kastel avait raccroché. Il n'en était rien.

Soudain, Hector, d'une voix plus forte :

– Ah, très bien, monsieur Kastel ! Je n'osais pas vous le demander… Mon ami tiendra le rôle, il est malin et ce n'est pas difficile… Non, non, il n'aura pas peur des frères Lupion. En plus, vous serez présent, on peut pas mieux faire comme garantie… Et ensuite, pardon ?… Vous direz aux frères Lupion d'arrêter leurs conneries ?… Parfait, ils me lâcheront la grappe le temps que je trouve le matos. Je ne sais pas comment vous remercier, monsieur Kastel… À bientôt, encore merci.

« Malin », et « n'aura pas peur des frères Lupion »… Depuis lors, beaucoup d'eau bien boueuse ayant coulé sous les ponts, je peux confesser que je ne suis pas malin du tout et que j'avais très peur des frères Lupion.

Hector réapparut. Il était transfiguré et rayonnant.

– C'est incroyable, David, tu ne vas pas me croire ! Le médium avait raison ! Tu vas m'aider et me sortir de la merde !

Il bondissait dans la pièce, effectuant, tel un petit rat de l'opéra, quelques entrechats ridicules, du lit à la penderie, de la penderie à la fenêtre, et de la fenêtre au lit, et ainsi de suite. Enfin, essoufflé, il vida d'un trait son verre de whiskey.

En quelques mots, il me mit au parfum. Je l'étais déjà, mais je fis l'ignorant. Ce M. Kastel, précisa-t-il, était un homme important (dans ce milieu), un de ses plus fidèles clients et le seul capable de mettre au pas les terribles frères Lupion.

Si j'acceptais d'aller demain soir à son local lui remettre la marchandise, il s'arrangerait pour que les Lupion soient présents. Avec Kastel, c'était sans risque. Il me faudrait alors prononcer un petit discours bien senti sur les difficultés d'approvisionnement, les efforts considérables qu'Hector déployait pour accélérer les démarches, les regrets de ne pas pouvoir faire mieux, et annoncer une livraison certaine à l'échelle d'une à deux semaines maximum. Kastel me soutiendrait, acquiesçant à mes propos, et exigerait des Lupion qu'ils cessent de martyriser leur fournisseur.

Une stratégie simple, assurait-il, translucide, qui ne pouvait pas échouer, proposée par Kastel lui-même. Dès que celui-ci en avait fait la proposition, il avait compris que le destin, qui ne doit rien au hasard et tout à aux interactions entre les astres, m'avait conduit à Paris pour cette unique raison et que le médium, grâce à ses mystérieuses capacités transcendantales, l'avait senti avant même que l'événement se produise.

Je n'eus même pas le temps de donner mon accord que Libertad entra, un carton à pizza dans les mains, et Hector, repris par sa frénésie joyeuse, se jeta sur elle et l'entraîna illico dans un pas de danse endiablé tout autour de la pièce.

Le carton vola en l'air et, la boîte s'ouvrant, la pizza s'éjecta telle une soucoupe volante, tournoya, et s'écrasa à l'envers sur la moquette dégueulasse.

— On s'en fout de cette pizza ! s'écria Hector, hilare. J'avais pas très faim !

Sympa pour sa femme, qui s'était fait chier à aller la chercher.

7

Son humeur retomba comme un soufflet, peut-être un retour à la réalité du moment. De fait, rien n'était encore réglé. Il devait continuer à mener cette vie d'errance, de cache en cache, d'hôtels miteux en dortoirs pourris. Impensable par exemple de sortir ce soir pour fêter la fin probable de cette menace permanente des frères Lupion.

Bien entendu, je m'enquis de la marchandise que je devais livrer le lendemain. Non seulement il refusa de me la donner (assurant qu'elle n'était pas prête) mais aussi de me dire de quoi il s'agissait. Sans précision, j'en restais au mot « matos » qu'il avait utilisé avec M. Kastel.

Puis il nous congédia (je ne vois pas d'autre expression). Et me jeta dans les pattes de sa femme :

— David, tu dormiras chez Libertad.

Bien que mariés, ils ne vivaient donc pas ensemble ? Ce point m'intrigua, mais je fermai mon clapet. Laisser venir fut ma réaction, parce que la situation me convenait. On a parfois des signaux qui clignotent dans la tête (ou plus bas...), que l'on n'analyse pas clairement, mais qui dirigent ou contrôlent votre comportement.

J'aurais voulu également l'interroger sur la dérive qui l'avait conduit à quitter le droit chemin. Hector était monté à Paris armé d'une ambition dévorante. Il rêvait d'être une grande star de cinéma. N'ayant aucune relation dans le milieu, il ne pouvait bénéficier d'un quelconque piston ou copinage pour lui mettre le pied à l'étrier. Du coup, suivant mollement des études de psycho (son plan B en cas d'échec), il avait pris des cours de théâtre dans un conservatoire de la ville.

Cinq ans auparavant, la dernière fois que je l'avais rencontré, il avait le statut d'intermittent du spectacle et émargeait dans plusieurs petites troupes qui survivaient cahin-caha de représentation en représentation. Je me souviens qu'il avait tenu certains propos amers sur son manque de perspectives et son sentiment d'avoir échoué à percer. Découragé, avait-il tout plaqué pour se livrer à des activités illégales mais lucratives ?

Avant de quitter la chambre, question naïve et assez décalée, je lui demandai s'il montait toujours sur les planches. Il pouffa de rire, moqueur.

— Pouh ! Mon pauvre David, c'est loin tout ça !

Sur ce, il embrassa Libertad d'un furtif baiser sur la bouche et, après avoir ramassé mon bagage et me l'avoir balancé tel un sac de patates, il nous poussa dans le dos comme s'il nous foutait à la porte.

★

★ ★

Libertad habitait à l'autre bout de Paris, ce qui nous obligea à une bonne demi-heure de métro. Durant le trajet, nous fûmes assez silencieux, jugeant sans doute que les passagers du wagon n'avaient pas à connaître nos petites histoires. Prudence élémentaire, bien qu'inutile. À Paris, qui écoute qui ?

Assis face à elle, je louchai sur sa main gauche et notai l'absence de bague à l'annulaire, une nouvelle info remisée aussitôt au fond de mon cerveau. Mariée, mais sans alliance et faisant appart' à part. Couple, certes, mais pas fusionnel pour un sou. L'indépendance avant tout, même si en présence de son mari Libertad paraissait aussi soumise qu'une épouse du siècle dernier. Curieux paradoxe, ou contradiction.

Un immeuble neuf, une flopée d'étages, mais elle occupait un logement au rez-de-chaussée, et une impression de luminosité, voire d'aveuglement, dans le hall trop blanc et trop fortement éclairé aux néons.

En franchissant le seuil de son terrier, on pénétrait dans un univers moelleux, intime et arrangé avec goût, des murs couverts d'affiches, un épais tapis afghan, quelques bibelots sympas, des coussins multicolores très accueillants et répartis avec grâce sur le divan et les fauteuils, une cuisine attenante, et deux portes fermées, sans doute la salle de bains et sa chambre.

D'une manière assez inattendue, elle m'offrit une bière tirée du frigo, et disparut dans la salle de bains en annonçant qu'elle allait prendre une douche, me laissant la bouteille à la main.

J'entendais l'eau couler, ce qui produisit sur mon imagination des pensées suggestives, d'où il résulta des images immorales de son corps nu, parcouru par des ruisseaux sinueux d'une onde pure épousant et caressant ses formes.

Elle surgit en peignoir, détendue, la ceinture soulignant la finesse de sa taille, petits pieds encore humides et cheveux à peine séchés, le teint resplendissant.

À ce moment-là, je l'avoue, malgré ma timidité naturelle, j'ai failli faire une bêtise. Elle s'en rendit compte, car elle murmura d'une voix compréhensive et bienveillante, mais ferme :

— Tttttttt, David, je suis la femme de ton vieil ami d'enfance.

La phrase qui vous bloque et vous remet à votre place.

J'ai dormi sur le divan qui faisait clic-clac, elle dans sa chambre, porte fermée, et je trouvais quand même qu'Hector, il avait bien de la chance.

Le lendemain matin, je la vis, en culotte et tee-shirt, passer en sautillant de la chambre à la salle de bains. Une nouvelle douche pendant laquelle je m'habillai et furetai dans le coin cuisine à la recherche du café, ouvrant tous les placards sans succès.

Au final, émergeant à nouveau, sans un mot, elle me jeta une serviette dans les bras en me faisant signe que je pouvais à mon tour occuper la salle de bains, ce que je fis sans me faire prier. Nous prîmes ensuite le petit déjeuner ensemble.

Une étrange intimité s'installait entre moi et cette jeune femme que je connaissais depuis moins de vingt-quatre heures. Souriante, elle agissait avec simplicité, sans gêne, comme avec un vieux copain.

Depuis qu'elle m'avait gentiment rembarré la veille, je n'osais pas lui poser de questions personnelles. D'ailleurs, quand je le fis, je me heurtai à un mur.

— Depuis quand vous êtes mariés, toi et Hector ?

— Cesse de t'intéresser à moi, s'il te plaît, répondit-elle avec un petit clin d'œil à la clé.

Et paf, en plein pif ! Elle avait raison. Cette question en apparence banale n'était qu'une manière détournée et sournoise pour en apprendre plus sur elle. D'Hector, je me foutais royalement.

Assez honteux, j'ai plongé le nez dans ma tasse de café noir.

★

★ ★

Hauteur, largeur et profondeur identiques : dix centimètres. C'était une petite boîte en carton de forme cubique. Si légère qu'on l'aurait crue vide. Elle avait été entièrement chattertonée, dans un sens puis dans l'autre, et donc recouverte sur toutes ses faces par le puissant ruban adhésif. Aucune inscription.

La maniant avec précaution, Hector me l'avait confiée en déclarant :

– Voilà l'objet.

– Qu'est-ce ?

– Si tu veux passer pour un con, demande à Kastel.

Puis, il m'avait fait répéter le laïus que je devais servir aux frères Lupion. Un enfant de dix ans s'en serait très bien sorti, et ce n'était donc pas cela qui m'inquiétait.

— Ces Lupion, ils ne vont pas me faire la peau avant même que je l'ouvre ?

— Mais non, imbécile, ils ne te connaissent même pas !

— Ben si, ils me connaissent, puisqu'ils m'ont menacé.

— C'est moi qu'ils visaient à travers toi.

— Raison de plus…

Clairement, nous avions une divergence d'opinion sur la menace que les Lupion faisait peser sur ma personne, et je le faisais savoir.

Hector avait dû s'imaginer que j'étais à deux doigts de renoncer car il avait commencé à s'énerver :

— Arrête ton cinéma ! Kastel sera là et les frérots le craignent comme la peste. Il en sait tellement sur eux qu'il peut les faire plonger d'un claquement de doigts.

— Bon, bon…

— Je te croyais plus courageux.

Toujours cette tactique chez certains de vexer les autres pour en obtenir quelque chose. Bien que conscient de la manœuvre, je tombai volontairement dans le panneau :

— Je n'ai pas peur, j'évalue le danger.

— Eh bien, cesse d'évaluer, il est temps d'y aller.

Cela se passait dans l'arrière-salle d'un café sordide qui devait servir la nuit à des séances clandestines de poker. Libertad était assise au côté de son mari, face à moi, la tête penchée vers la gauche, et me dévisageait de ses grands yeux charbonneux qui m'absorbaient. Plus j'avais envie d'elle, plus elle me semblait interdite.

– Allez, le rouquin, vas-y, te mets pas en retard ! m'avait lancé Hector avec brusquerie.

Et c'est ainsi que, muni de l'adresse, tenant le colis avec circonspection, je me mis en route vers mon destin.

8

Saint-Ouen, frontière entre Paris et la banlieue. Métro ligne 13 d'abord, un peu de marche à pied ensuite pour franchir le périph, et un entrelacs de rues non loin du marché aux puces. Dans l'une d'elles, une ruelle et le « local » de Kastel.

Une ruelle encore préservée du grand ménage, car je ne reconnaissais rien du Saint-Ouen que j'avais visité dix ans auparavant. Une gentrification tous azimuts, des immeubles de haut standing poussés comme des champignons, et une atmosphère qui hésitait entre milieux populaires et cadres sup. Le monde change et les pauvres sont peu à peu repoussés toujours plus loin de Paris.

Passons. Je n'étais pas venu pour mener une étude de sociologie urbaine.

Dans cette petite rue, au numéro indiqué, je tombai sur une grille coulissante type années cinquante, avec des barreaux métalliques sans fioriture mais solides. Ouverte, elle donnait sur une cour goudronnée avec au fond un hangar fermé par un rideau de fer (allure années cinquante encore) et, attenant, un vieil atelier d'artisan avec une porte dont la partie supérieure était vitrée. Un ensemble destiné à la démolition vu l'évolution du quartier. Le tout faiblement éclairé par le lampadaire de la rue.

Un silence peu engageant planait sur les lieux. Apercevoir de la lumière dans l'atelier m'aurait rassuré, mais ce n'était pas le cas. Je consultai ma montre. 22 heures. Pile-poil à l'heure du rendez-vous. En apparence, personne.

Il était encore temps de renoncer et d'affirmer à Hector qu'il y avait eu maldonne car ni Kastel ni les frères Lupion n'étaient venus. Cependant, j'avais une conscience aiguë de la lâcheté de ce comportement. Au moins, avant de fuir de cette misérable manière, fallait-il traverser cette sombre cour, aller jusqu'à la porte de l'atelier et frapper.

Je respirai un grand coup et, à marche précipitée, je me ruai jusqu'à l'entrée et tapotai plusieurs fois de l'index sur la vitre. Sans force excessive, je le concède. L'absence de réponse, qui me donnait l'autorisation de m'éclipser de cet endroit sordide, me procura une joie forte.

Hélas, de courte durée.

Une voix retentit derrière moi :

— Entre.

Un timbre tout à la fois grave et éraillé, typique du type qui abuse de l'alcool et de la cigarette. J'en ai sursauté, et pas qu'un peu. Tout mon corps s'est cabré d'une manière incontrôlée et le colis a failli m'échapper des mains. Je l'ai rattrapé de justesse.

— Pas d'affolement, entre, c'est ouvert, reprit la même voix cassée.

Pour surgir ainsi à l'improviste et me surprendre, je suppose qu'il devait m'épier depuis un moment. Peut-être même m'avait-il suivi dans la rue ?

J'ai abaissé la poignée et poussé le battant. De fait, c'était ouvert. Et je suis entré avec le sentiment de ne pas avoir le choix, serrant le colis contre ma poitrine. Une ombre m'emboîta le pas et referma la porte derrière elle.

Il y eut un déclic et une pâle lumière éclaira la pièce. C'était sommaire. Très sommaire. Une table, une chaise, une étagère vide poussée dans un coin, un vieux buffet bancal et, au centre de la pièce, une ampoule (noire de crasse) pendue au bout de son fil électrique (à moitié dénudé). Aussi, le long d'un mur, un rideau de la hauteur d'un homme, accroché à une tringle posée de guingois, et qui devait dissimuler une anfractuosité avec des planches horizontales faisant office de placard.

Je me suis retourné et j'ai eu un choc. L'homme avait vraiment une sale tête. De nos jours, on utilise peu le mot « patibulaire », qui fait sourire, sûrement depuis Coluche (patibulaire mais presque...), mais, ce gars-là, il était patibulaire et il ne faisait pas sourire. Mais pas du tout.

Imaginez un visage carré, les cheveux ras, les traits lourds et proéminents, les yeux globuleux d'un crapaud, les oreilles écartées d'un éléphant, la mâchoire épaisse et tombante d'une hyène. Pas très grand, mais large, ramassé, du genre balaise qui, d'un coup de poing, sans effort, m'aurait catapulté à l'autre bout de la pièce.

Plus vieux que moi. Une grosse quarantaine ou une petite cinquantaine.

Me faisant face, planté, les jambes écartées, il sortit un paquet de sa gabardine et alluma une cigarette, qu'il tenait entre le pouce et l'index comme les durs au cinéma.

Il paraissait me jauger, m'évaluer physiquement, et dans un silence de cimetière il hochait la tête avec une satisfaction inquiétante. Et moi, j'étais là, avec ma petite boîte, comme un couillon.

Je proférai ma première connerie :

— Vous êtes monsieur Kastel ?

Il rit. Et son rire, mon Dieu ! Un horrible gloussement de dindon. C'est exactement cela, il ne riait pas, il glougloutait.

— Kastel ? Amusant…

J'enchaînai avec ma seconde connerie :

— Vous n'êtes pas monsieur Kastel ?

— Balaise. Trop fort, le croquemort.

— Le croquemort ?? Quel croquemort ?

Il y a des mots comme ça qui, en certaines circonstances, créent la panique quand on les prononce. « Croquemort » est de ceux-là.

Il ne répondit pas. Alors, jamais deux sans trois (on aurait dit que je participais à un concours de conneries), j'en remis une petite couche pour la finition :

— J'ai le colis.

J'eus même le courage de m'approcher et de lui tendre la boîte. D'un brutal revers de main, il tapa dedans et l'envoya valdinguer contre le mur. J'étais épouvanté.

— C'est toi, le colis, demeuré !

Moi, le colis ? Qu'est-ce que ça voulait dire ?

Tout à coup, je compris ma méprise. Je devais avoir devant moi un frère Lupion, arrivé en avance. Et si Kastel ne rappliquait pas au plus vite, ce mec allait m'exploser la tronche. Le rendez-vous tournait à la catastrophe.

— Attendez, je peux tout expliquer ! Kastel était prioritaire, c'est vrai, mais Hector pense à vous. Il ne pense même qu'à vous ! Il se démène comme un fou ! Dans une semaine au plus tard vous aurez le matos !

Il me dévisagea avec une attention suspecte, le front plissé et les sourcils arqués, avant de laisser tomber :

– Qui c'est, Hector ?

La gaffe ! Hector devait opérer sous couverture, avec un faux nom, un pseudo bien senti, histoire de dissimuler sa véritable identité. Or, je venais d'en révéler la moitié.

– J'ignore son vrai nom ! m'écriai-je précipitamment.

– T'es vraiment une tache, toi...

C'est à ce moment-là, je crois, que j'ai vraiment perdu pied et que je me suis mis à débiter des âneries en grosses tranches bien épaisses. La peur, ça fait dire n'importe quoi.

– Oui, une tache, c'est vrai, vous avez raison ! Je ne suis qu'un exécutant, un subalterne, un sous-fifre, un sans-grade, un rien du tout, un minable, un pauvre type même, mais je peux faire une commission. Une commission, j'en suis capable ! Je sais répéter au mot près le message qu'on me demande de répéter ! Parlez, je vous écoute, je lui dirai tout, texto, sans rien changer !

Un bloc, un monolithe. Il ne bougeait plus. Hésitait-il sur la conduite à suivre : me péter la gueule (il avait celle du gars que ça détend) ou bien me confier un ultime avertissement pour Hector ?

Comme la situation se prolongeait, je hasardai la diversion, la manœuvre improbable :

— Bon, j'ai fait ce que j'avais à faire. J'ai apporté le colis. Si vous n'avez plus besoin de moi…

Son regard se fixa sur la boîte qui traînait par terre. Il fit deux pas de côté pour s'en rapprocher, leva sa lourde patte et l'écrasa du talon. En une fraction de seconde, elle devint aussi plate qu'une galette.

La destruction du matos que je devais remettre à M. Kastel produisit en moi un choc. Ce cube de carton disloqué, désagrégé, avec ses bandes de chatterton tordues en tous sens, illustrait le fiasco complet de ma mission.

Non seulement je ne comprenais pas l'acte sauvage de cette brute (a priori, le contenu de cette boîte valait de l'argent, peut-être même beaucoup d'argent), mais cet écrabouillage volontaire anéantissait le dernier espoir que je conservais de m'en tirer sans dommage. Tenant lieu de prémonition, le sort de la boîte annonçait le mien.

Dans une tentative folle et désespérée d'y échapper, je marchai vers la porte, les mains dans les poches, en apparence indifférent à la conjoncture. Pour un peu, j'aurais siffloté, mais j'avais trop la gorge sèche.

De sa main gauche, il m'alpagua par le col et me stoppa net.

– Holà, le colis veut se faire la malle ?

Une forme d'humour difficile à apprécier dans ma situation. Il serrait si fort que ma respiration en pâtissait et que je commençais à hoqueter. Pris de panique, je me débattis et saisis son bras pour me dégager. C'était moins un acte de bravoure que de survie.

– Toi, tu commences vraiment à me casser les couilles ! dit-il.

Et sans me lâcher, plongeant sa main libre à l'intérieur de sa gabardine entrouverte, il en retira un pistolet. Un semi-automatique, avec un court canon à gros diamètre (peut-être par effet de contraste), dont il plaça l'extrémité sur le bout de mon nez (de travers).

C'est beaucoup plus efficace qu'un tranquillisant ou un anxiolytique, je peux vous le dire. Calmé dans la seconde, je fus. Et liquéfié. Se faire démonter le portrait est une affaire pénible, certes, mais recevoir une balle en pleine tête en est une tout autre, absolument rédhibitoire.

Il me plaqua contre le mur.

– Maintenant, écoute-moi bien, le colis.

Le colis était tout ouïe, toute volonté annihilée, aussi disposé à obéir qu'un petit chien de cirque devant son dresseur.

— Tu vas me faire le plaisir de la boucler. Je veux plus t'entendre. Compris ?

— Oui.

Il souleva le rideau de ce que j'avais pris pour un placard. C'était une ouverture béante qui donnait dans le hangar attenant. Il m'y projeta sans ménagement et je tombai sur les genoux et les coudes.

L'endroit était sordide à souhait. Sombre, empestant le gasoil, et vide, à l'exception d'une chaise posée en plein milieu. On aurait dit une cellule de torture comme dans les anciennes dictatures d'Amérique du Sud ou d'Asie du Sud-Est. Ça sentait son Pinochet ou son Pol Pot.

À cause de mes jambes qui tremblaient et de mes paumes écorchées, je me suis relevé avec difficulté, titubant sur quelques mètres, grimaçant de douleur. Il n'en avait cure, n'étant pas du genre compassionnel. Maniant son pistolet telle une baguette, il me désigna la chaise.

— Pose ton cul là, et bouge plus !

Ce que je fis sans barguigner. Du reste, j'étais mieux assis que debout.

Ne me quittant pas des yeux, gardant son pétard dans la main gauche, il composa un numéro, plaqua le téléphone sur son oreille et aboya :

— Vous êtes où ? Ça se passe bien ?

Je compris tout de suite qu'il y aurait un obstacle à une claire communication.

– J'comprends pas ! En français, merde, en français !

Il s'énervait et éructait en aparté des « Pourraient faire des efforts, quand même ! » ou des « C'est pas compliqué de parler français ! »

– Non, je cause pas anglais... Non, non, j'entrave que dalle !... Arrêtez, je sais pas ce que vous dites !

J'ai toujours été d'un caractère serviable, mais ce n'est pas pour cette raison que je suis intervenu. J'avais surtout peur que sa colère et son exaspération me retombent dessus en représailles.

– Je parle anglais ! vociférai-je à tue-tête.

– Ta gueule ! lança-t-il à mon intention. J'en ai rien à foutre !

En me balançant ces mondanités, il venait un peu de dévoiler ses limites intellectuelles. J'insistais (faut jamais désespérer des bas de plafond) :

– Je parle anglais ! Je peux aider ! Traduire, quoi !

Il marqua un temps d'arrêt, signe qu'il avait compris.

– Tu comprendrais ce qu'ils disent ?

– S'ils parlent anglais, oui.

– Ah...

Encore une hésitation, due à la situation singulière et une méfiance bien naturelle, et il s'approcha.

— Attention, pas d'entourloupe ou j'te défonce ! menaça-t-il en me tendant le portable. Demande-leur s'ils ont des problèmes…

Je m'exécutai. Au bout du fil, un interlocuteur qui certes répondait en anglais mais mal, et avec un fort accent étranger. Europe de l'Est peut-être. Il baragouinait la langue de Shakespeare, la massacrant au passage, et parfois je peinais à le comprendre.

Au fur et à mesure de ce jeu de questions/réponses, je communiquais les infos à mon geôlier : « Non, pas de problème, ils suivent les indications du GPS »… « Oui, ils ont la marchandise »… « Oui, elle est en bon état et de qualité »…

Tout ceci eut l'air de rassurer mon cerbère, qui me demanda soudain à brûle-pourpoint :

— Comment dit-on « OK, on se voit plus tard » ?

Il m'arracha ensuite le portable et beugla :

— OK, siyoulaitteure.

Et il raccrocha.

9

Ensuite, visiblement satisfait du succès de sa première leçon d'anglais, il alla dans l'atelier chercher l'autre chaise, la plaça à trois mètres de la mienne et s'assit dessus.

Il me regarda et fit cette obscure remarque :

— T'as l'air vraiment en bon état. Le croque-mort, il s'est décarcassé, cette fois-ci.

Certain de me faire rembarrer, sur le coup, je n'ai rien répondu. J'en avais, pourtant, des interrogations qui traversaient mon cerveau. Des interrogations multiples, face à un brouillard intégral, épais, impénétrable, qui nappait un océan de conjectures et d'hypothèses.

Qui était ce type violent, à l'allure de videur de boîte de nuit, s'il n'était pas M. Kastel ? Un frère Lupion ? Pourquoi me retenait-il prisonnier (il semblait avoir abandonné l'idée de me casser la gueule) ? Pourquoi avait-il écrasé avec tant de rage le colis qu'Hector m'avait confié ? Et, à ce propos, quel sens donner à cette plaisanterie consistant à m'appeler « le colis » ? Enfin, qui était le « croquemort » qu'il avait évoqué à deux reprises ?

Le temps passait et il consultait sa montre de plus en plus souvent. Une certaine nervosité l'agitait à nouveau. À l'évidence, les bienfaits de la découverte d'une langue étrangère s'estompaient.

Puis, victime de son impatience, il finit par se lever et arpenter le hangar de long en large. À n'en pas douter, il attendait quelqu'un et mon destin se scellerait à ce moment. Quelqu'un, mais qui ? Kastel, qui lèverait le malentendu ? L'autre Lupion, pour statuer sur mon cas ?

Sa fébrilité déteignait sur moi. Il me devenait de plus en plus difficile de rester immobile sur mon siège. Mes pieds piétinaient le ciment, mon buste se balançait d'avant en arrière, et mes mains frottaient sans relâche mes cuisses en un geste mécanique.

Il s'en agaça.

– T'as envie de pisser ou quoi ? me lança-t-il.

Tiens, une idée, que j'essayai aussitôt d'exploiter :

– Oui, répondis-je, les dents serrés.

– Je m'en balance ! Pisse dans ton froc !

Raté. Et je restais scotché à mon siège, mais incapable de mettre fin à mes tortillements irrépressibles. Il fallait que je bouge. Cette attente, dont j'ignorais l'issue, était proprement insupportable.

Exaspéré, il me cria :

— Arrête ton cirque, bordel de merde !

Je voyais bien que j'empirais nos relations (déjà médiocres), mais rien n'y faisait, je continuais mes mouvements saccadés. Ça devenait pathologique. On aurait dit un autiste en pleine crise.

À bout, il se rapprocha de moi et je crus qu'il allait me frapper. Il fit bien pire. Il brandit son arme et, à environ un mètre cinquante de moi, il me visa.

C'était de l'esbroufe pour m'intimider, me terroriser, il n'avait aucunement l'intention de tirer, j'en suis certain. Mais d'être dans la ligne de mire d'un canon de pistolet, d'anticiper le bruit de la détonation et la balle qui vient traverser mon front, provoqua en moi une panique atroce et une réaction incontrôlée.

Vous savez déjà que je suis grand, rouquin selon Hector, et que j'ai le nez de travers. J'ai aussi des bras très longs, un handicap qui donne cette fâcheuse impression que tous mes sweats, vestes et pulls ont des manches trop courtes.

Sans que je le décide, l'effroi propulsa mon bras droit en avant, tel un tentacule de pieuvre, et je saisis le canon à pleine main, le détournant sur le côté.

Surpris par mon allonge, il fit un pas en arrière, me soulevant de mon siège (mais je ne lâchais pas le pistolet), et appuya sur la détente. Le coup de feu produisit un son assourdissant. Entraîné par le mouvement général, je basculai vers lui et, avant de le percuter, par réflexe mon genou se propulsa vers le haut, remonta entre ses cuisses et écrasa avec une violence inouïe son entrejambe.

Poussant un épouvantable cri de douleur, il se plia en deux, lâcha son arme, puis tomba à genoux en geignant, ses deux mains sur son sexe, et, enfin, bascula sur le côté. Ça l'avait rudement secoué, au point que je me suis demandé s'il n'allait pas clamser sous mes yeux.

Je ramassai le pistolet (on ne sait jamais) et, assez étonné par l'enchaînement des événements, je le regardai se tortiller sur le ciment comme un ver de terre. Certains pourront trouver que je manquais de cœur, à demeurer indifférent à son malheur. Outre que je ne sais absolument pas comment soulager quelqu'un qui s'est pris un coup dans les couilles, il faut avouer que les élans humanitaires s'atténuent quelque peu quand on a été rudoyé comme je l'avais été et menacé avec une arme à feu. On a moins d'empathie, c'est certain.

De toute façon, je n'avais pas l'intention de m'attarder. L'objectif était de décamper au plus vite, avant l'arrivée de son complice ou de son chef. Tête baissée, je bondis vers le rideau, le franchissant en force, arrachant au passage la tringle qui me retomba sur les épaules, pour émerger dans l'atelier recouvert du vieux tissu crasseux et puant d'humidité. Le jetant sur le sol d'un geste rageur, je me ruai sur la porte.

La liberté à portée de poignée ! Je posai la main dessus. Trop tard ! Mon sang perdit quelques degrés en une fraction de seconde. Un camion pénétrait dans la cour.

★

★ ★

C'était plutôt un fourgon ou un gros utilitaire. Je le vis effectuer une série de manœuvres, pivotant sur place de cent quatre-vingts degrés. Les phares balayèrent l'espace tel un sémaphore sur un bord de mer, et je fus tétanisé lorsque le faisceau mobile m'éblouit. Au final, le véhicule recula pour positionner l'arrière tout près de l'atelier.

Peut-être aurais-je pu quand même fuir en traversant la cour à toute allure pour atteindre la rue ? L'effet de surprise, vous voyez ? Peut-être, mais je n'en suis pas sûr, car cette possibilité ne dura pas un quart de minute. Bref, je suis resté paralysé, incapable de prendre une initiative. Dès que le moteur fut éteint, deux homme sautèrent du fourgon, l'un à droite, l'autre à gauche, et se dirigèrent vers l'entrée. Je ne pouvais douter qu'ils m'avaient vu.

Deux hommes ? Les Lupion ! Les voilà donc, ces damnés frères qui venaient à coup sûr me chercher ! Eux aussi avaient des mines peu engageantes, des allures louches et des physiques de déménageurs.

L'instinct me fit battre en retraite et je me retrouvai le dos collé au mur du fond de l'atelier, face à la porte. Je serrais le pistolet, car, après tout, je n'étais pas désarmé et pouvais me défendre. J'allais même devoir le faire.

C'est là que nous autres, béotiens du banditisme, on manque de mesure. On ne contrôle pas bien nos émotions. À mes yeux, il n'y avait qu'une seule tactique (dictée par la peur). Dès qu'ils entreraient, je viderais mon chargeur en les arrosant de balles. Un peu radical comme méthode, mais efficace.

Ce qui m'empêcha de suivre ce plan, c'est qu'ils frappèrent. Oui, comme des gens polis qui attendent l'autorisation. Voilà qui était très inattendu de leur part. Je fis le mort.

Ils frappèrent à nouveau, plus fort. Et je les entendis parler entre eux. Assez distinctement, en raison de l'absence de double vitrage. Je soupçonne même que c'était un carreau d'une épaisseur très fine, introuvable de nos jours, du deux millimètres par exemple.

Or, ces deux types parlaient une langue étrangère que je ne connaissais pas. Soudain, je pris conscience de mon erreur. Ce n'étaient probablement pas les frères Lupion, bien français, mais les types que j'avais eus au téléphone. Ceux que l'autre affreux, qui geignait toujours dans le hangar en se tenant les couilles, attendait avec impatience, et qui apportaient « la marchandise en bon état et de qualité », si je me fiais à la teneur de la conversation téléphonique.

Devais-je les tuer aussi ? J'étais en plein doute quand ils décidèrent finalement d'ouvrir la porte et, restant sur le seuil, de lancer à la cantonade :

— *Anybody there ?*

Bon ou mauvais réflexe, je n'en sais rien, mais remisant momentanément le mitraillage des deux individus, je répondis :

— *Yes, here I am.*

Et j'ajoutai même, dans un nouvel élan de stupidité :

— *Turn on the light, the switch is on your left*[1].

Ils allumèrent et sursautèrent en me voyant avec le flingue, mais j'abaissai l'arme vers le sol en signe de bienvenue. Tout alors se passa très vite. Le plus grand des deux dit :

— *Where is he ?*

— *Who ?*

— *The guy that we have to take*[2].

---

1. « Il y a quelqu'un ? – Oui, ici. Allumez la lumière, l'interrupteur est sur votre gauche. »
2. « Où est-il ? – Qui ? – Le type qu'on doit prendre. »

Et là, le coup de génie (excusez mon manque de modestie, mais cette fois-là j'ai assuré) :

– *Next room. I had to calm him down a bit but he's in good condition*[1].

Ils se précipitèrent, l'empoignèrent et le traînèrent jusqu'au fourgon, dont ils ouvrirent la porte arrière, et le jetèrent à l'intérieur. Tout en continuant à souffrir le martyre, il protestait, jurait, proférait les pires injures. Mais voilà, aucun risque. Ce con n'avait eu qu'un seul cours d'anglais et ce mince bagage linguistique se révélait nettement insuffisant pour dénouer le quiproquo.

Je vis même qu'ils l'attachèrent et lui enfoncèrent un bâillon dans la bouche. Bon débarras. Je ne savais ni pourquoi ni où on l'emmenait, mais la substitution me convenait sans que je cherche plus loin.

La suite fut encore plus étrange. Le plus petit des deux revint avec deux glacières, qu'il posa par terre.

– *You have to hurry ! Twelve hours since they were taken*[2].

J'ai failli tout faire foirer en demandant de quoi il s'agissait. Il eut l'air passablement surpris, et, me prenant pour un abruti, il haussa le ton :

– *Kidneys ! Two !*[3]

1. « À côté. J'ai dû le calmer un peu, mais il est en bon état. »
2. « Tu dois te dépêcher. Douze heures qu'ils ont été prélevés. »
3. « Des reins ! Deux ! »

Ah, merde ! J'arrivais pas à y croire, mais mon regard engloba les glacières sur lesquelles était inscrit, en lettres rouges, *HUMAN ORGAN for transplant*. J'en restai sans voix.

Il me fourra alors dans la main un morceau de papier plié en quatre.

— *The contact*, précisa-t-il.

J'acquiesçai du menton, mais je ne parvenais plus à parler.

Sur ces entrefaites, l'autre (le grand) ressurgit à son tour, avec un sac de sport de dimensions modestes qu'il posa à côté des glacières.

— *The dough*, dit-il. *For the guy.*

Du flouze ? Avais-je bien entendu ce petit mot d'argot que mon grand-père paternel utilisait parfois ? « Du pognon pour le type » ? Celui dont j'avais écrasé les burnes ? Je crus rêver.

Il ajouta :

— *You'll give it to the undertaker*[1].

The undertaker, le croquemort ! Encore lui ! L'homme-orchestre de l'affaire, la plaque tournante, le big boss peut-être, qui tire les ficelles, que tout le monde connaît, mais qu'on ne voit jamais.

Il faudra lui donner les thunes, au croquemort. Évidemment, on n'a rien sans rien... Ce n'est qu'après coup, avec sueurs froides à retardement

1. « Tu le donneras au croquemort. »

et frissons le long de l'échine, que je réalisai que ces deux mecs auraient pu être chargés de ramener l'argent des reins. Que je n'avais pas.

Puis, leur mission accomplie, ils levèrent la main pour me saluer et s'éclipsèrent. En refermant la porte, le plus grand des deux, jovial, le pouce levé, lança à mon intention :

– *The guy, this is a very good specimen !*[1]

1. « Le type, c'est un très bon spécimen. »

10

Par la vitre sale, je regardai le camion démarrer avec prudence, marquer un arrêt à la sortie de la cour, attendre le passage d'une voiture, puis tourner à droite et disparaître.

Il y eut alors en moi un grand vide. Récupérant l'une des deux chaises du hangar, je la ramenai dans l'atelier et m'assis dessus. La fatigue sans doute, les émotions certainement, mais aussi l'incapacité à interpréter les récents événements.

Venu dans cet endroit sordide muni d'un petit paquet que je devais donner à un certain M. Kastel et porteur d'un message pour calmer les redoutables frères Lupion, je n'avais vu ni l'un ni les autres.

Après avoir été séquestré par une brute, je me retrouvais face à un sac de sport rempli de pognon et deux glacières dont je n'osais trop visualiser le contenu (l'image suscitée me soulevait l'estomac).

En clair, j'avais plongé au cœur d'un trafic d'organes international, devenant un maillon d'une transaction de flouze et de reins dont j'ignorais tout des têtes pensantes (le croquemort ?) et des limites géographiques.

Me remémorant la langue des deux mecs, je la situais en Europe orientale. Je tapotai *Trafic d'organes Europe* sur l'internet de mon portable. Bingo ! Plusieurs pays revenaient en boucle : Roumanie, Bulgarie, Albanie, Moldavie…

Que devais-je faire ? Fuir au plus vite paraissait la meilleure option, mais mon regard s'attardait sur le sac de sport. Je le ramassai et le posai sur mes genoux, respirant un grand coup avant de tirer sur la fermeture éclair.

Des billets usagés de cent euros, bien rangés en paquet de dix réunis par des élastiques, soit des liasses de mille euros. Cela impressionne un peu quand on les brasse à pleines mains. Je comptai le nombre de liasses. Cinquante.

Cinquante mille euros ! Était-ce ce que je valais ? Car, de fait, sans la substitution, c'est moi qui serais en ce moment séquestré dans un fourgon en route pour la Roumanie, la Bulgarie ou la Moldavie.

L'affreuse perspective m'apparut en un flash : m'y aurait-on dépecé ? Des médecins, dignes émules du docteur Mengele, auraient-ils prélevé mes organes vitaux pour qu'ils soient revendus ensuite dans le reste de l'Europe ? L'horreur ! Étant un être sensible et délicat, je frémis au sort de celui que j'avais livré aux Moldaves (je décidais qu'il s'agissait de Moldaves, car la Moldavie est un pays que je ne connais pas). Cependant, même les êtres sensibles et délicats ayant leurs limites, je ne remettais pas en cause le bien-fondé de la permutation et mes regrets restaient mesurés.

Plusieurs possibilités s'offraient à moi. Fuir sans tarder pour retrouver Hector et tout lui raconter. Pourquoi pas ? Variante : fuir sans tarder, mais en emportant le sac de sport. Après tout, ce pognon, c'était le prix estimé de ma chair et de ma viande et, avec les risques encourus, je l'avais bien gagné. Je ne voyais même aucune raison de le partager avec Hector. D'ailleurs, quel rôle jouait-il dans ce trafic ? Il y trempait forcément d'une manière ou d'une autre. Tôt ou tard, nous devrions avoir une explication à ce sujet ; j'avais tout de même failli y passer.

Enfin, il y avait une troisième possibilité. Impensable, périlleuse, mais lucrative. Au soir de leur vie, parfois, des vieux racontent que la chance est passée devant eux, mais qu'ils n'ont pas su la saisir. J'avais le pénible sentiment que cela serait mon cas si je m'arrêtais là. Le fait de palper le blé m'avait émoustillé. Ce premier succès me grisait et, tel le champion d'un jeu télévisé, j'avais envie de crier « Banco ! ».

Et puis, j'étais en possession d'un flingue qui me rendait capable de parer aux imprévus.

Je dépliai le papier fourgué par le petit Moldave. Un numéro de téléphone. Le contact. Il suffisait d'appeler, d'apporter les reins, d'empocher l'oseille et de disparaître. Ni vu ni connu. Personne ne me connaissait, hormis Hector et Libertad.

En guise de petit supplément d'âme, car tout n'est pas aussi noir dans le comportement de l'homme, j'ajoutai à ma décision des raisons humanitaires. Ces reins encore palpitants dans leur glacière attendaient d'être transplantés. Ils étaient destinés à sauver des vies. En définitive, c'était une noble action que de ne pas les laisser pourrir sur place.

De nouveau, j'eus recours à Internet. Un rein prélevé dans de bonnes conditions (était-ce le cas ?) se garde jusqu'à trente-six heures sur son lit de glace. Ceux-là n'avaient que douze heures, selon le petit Moldave. Sans aucun doute, la greffe devait avoir lieu à Paris, dans une clinique clandestine peut-être, en tout cas à proximité, et la livraison ne prendrait que peu de temps.

Les doigts tremblants, je composai le numéro, puis écoutai la sonnerie en caressant le pistolet de ma main gauche pour me donner du courage. J'avais préparé la première phrase. Pour le reste, je me fiais à mon instinct qui, jusqu'à présent, à mon grand étonnement, malgré quelques ratés, avait plutôt bien réagi. En quelques heures, j'avais même beaucoup progressé. De toute façon, mon but était de tâter le terrain, quitte à ne pas poursuivre si je sentais que ça tournait au vinaigre.

Il y eut un « Allô » assez neutre qui ne laissait pas supposer qu'on attendait mon coup de fil.

— J'ai les reins, dis-je avec détermination.

— C'est toi, Alex ?

Premier enseignement : parler de reins n'avait pas choqué. J'étais au bon endroit. Second enseignement : les difficultés commençaient. Alex devait être le mec que j'avais expédié en Moldavie. D'entrée, il fallait improviser.

— Non, Alex a eu un empêchement. Je le remplace.

— T'es qui ?

— Un ami d'Alex.

— On se connaît ?

— Non. Mais j'ai les reins.

Détourner l'attention et recentrer l'affaire sur l'essentiel. Ensuite, je tentai un nom qui pouvait produire un effet en ma faveur :

— Faut pas perdre de temps. Les reins ont douze heures, les minutes passent, et je dois rapporter le flouze au croquemort.

— Au croquemort ? Ah... oui, oui...

Je l'entendais presque réfléchir. La dernière résistance céda.

– OK, je te file l'adresse. Moi, je les préviens que tu arrives.

Il me dicta le lieu d'un rendez-vous et il fallut que je lâche le flingue pour noter.

– Tu y seras ? demandai-je ingénument.

– Ben non ! Pourquoi veux-tu que j'y sois ? Allez, salut !

Un intermédiaire. Un simple intermédiaire, qui connaissait le nom d'Alex, mais servait seulement de relais.

Tous les signaux étaient au vert.

★

★ ★

Au vert, OK, mais il fallait s'organiser. Impensable par exemple de laisser le sac de sport sur place, au risque de ne pas le retrouver. Un vol est toujours envisageable (il y a tant de gens malhonnêtes).

Après avoir glissé le petit pistolet dans la poche intérieure de mon blouson, je passai la sangle du sac autour de mon buste, le balançai dans mon dos d'un mouvement d'épaule, et empoignai les deux glacières, une dans chaque main. Pas commode, cette affaire, j'étais chargé et n'avançais pas bien vite.

À Saint-Ouen, on peut encore observer de petites animations pittoresques, comme ce Noir au coin de la rue, les mains dans les poches, adossé contre le mur, qui faisait le guet, surveillant le passage des flics, prêt à envoyer un SMS (avant, il sifflait) pour prévenir ses potes qui dealaient un peu plus loin.

Qu'il me suive des yeux me rendit un peu mal à l'aise. Avec autant de pognon sur soi, on le serait à moins ! Plus que le sac (banal), je crois que ce sont les glacières qui l'intriguaient. Un type seul, la nuit, avec deux glacières, c'est bizarre, non ?

J'ai serré les fesses en me rapprochant de lui, évitant de changer de trottoir pour ne pas donner l'impression de le fuir (cinquante mille euros, nom de Dieu...). Il n'a pas bougé et, au moment où je passais à côté de lui, il eut cette phrase dont je me demande encore si elle était un trait d'humour ironique ou s'il voulait donner le change :

— Bon appétit.

— Merci.

J'ai poursuivi ma route, refaisant en sens inverse le trajet aller jusqu'à la bouche de métro. Car il me fallait maintenant me rendre à Montrouge, donc traverser tout Paris du nord au sud. Épuisant, ces trafics d'organes. On vous balade de droite à gauche et de haut en bas. Il s'agit, je suppose, de brouiller les pistes.

Je pris la ligne 13 à la porte de Saint-Ouen puis, à Montparnasse, la ligne 4, me laissant glisser sans réfléchir jusqu'à Montrouge.

Dans les rames et les couloirs du métro, c'était horriblement voyant, cette mention en rouge vif, *HUMAN ORGAN for transplant.* Jusqu'à l'incident, inévitable.

Lorsqu'un homme, assis en face de moi, porta son regard sur les glacières placées à mes pieds et que je le vis froncer les sourcils, je déplaçai aussitôt mes jambes pour dissimuler les inscriptions. Peine perdue, il s'agita sur la banquette et je sentis qu'il n'allait pas pouvoir s'empêcher de me demander des explications.

– Ma belle-sœur a les mêmes, dit-il.

Que répondre à cette phrase absurde ? J'avais plusieurs options, je choisis la plus mauvaise :

– Votre belle-sœur transporte des organes ?

Il éclata d'un rire tonitruant qui fit se retourner vers nous la moitié du wagon. Heureusement, à cette heure-là (il était 23 h 45), il y avait peu de monde. Tout de même, attirer l'attention était tout ce que je voulais éviter.

– Ça c'est drôle ! réussit-il à répondre, les larmes aux yeux, entre deux hoquets. Vous avez de l'humour, vous !

Sans rien comprendre, je m'efforçai de sourire, mais sans excès, histoire de montrer que j'étais un véritable pince-sans-rire.

– Des organes ! Ah, ah, des organes ! répétait-il.

— Quoi d'autre ? tentai-je, sur le ton de la plaisanterie.

— Quoi d'autre, en effet ! Et puis, des organes, ça reste de la bouffe, hein !

Et il riait de nouveau à gorge déployée, si fort que je me suis demandé si un contrôleur n'allait pas rappliquer.

— Tout à fait, de la bouffe ! répliquai-je pour aller dans son sens.

Il mit quelque temps à recouvrer son calme. Après ce qui me parut une éternité, il finit par sortir un kleenex, se moucha comme une trompette et, jovial, précisa :

— Remarquez, sur celles de ma belle-sœur, c'est écrit en français. En anglais, c'est plus classe ! Franchement, « human organ for transplant », ça en jette !

— Oui, ça, c'est vrai, ça impressionne.

— Et vous les avez achetées où, si c'est pas indiscret ?

J'aurais pu répondre « en Moldavie », mais c'eût été inapproprié... Ainsi, il existait des glacières pour pique-nique sur lesquelles les fabricants s'étaient amusés à marquer « transport d'organes »... De vrais petits plaisantins, ceux-là.

En un sens, cette information me décontractait. Pour faire baisser mon stress, il suffisait que je m'imagine transporter saucissons, chips, beurre, pain et fromage. C'était plausible.

Il attendait, ce brave homme, et je lui balançai une réplique dont il ne pouvait rien tirer.

– Sur Internet. Je ne me souviens plus du site…

⋆

⋆ ⋆

Station Mairie de Montrouge, sortie sud, j'émergeai du métro un peu à l'improviste, sur une place ronde, dont j'aurais pu apprécier l'aimable disposition si elle n'était occupée en son centre par le monument aux morts de la ville. J'y vis un mauvais présage.

Ne souhaitant pas m'attarder, j'actionnai le GPS de mon portable. À partir de la place, il fallait emprunter l'avenue de la République jusqu'à l'arrêt de bus le plus proche, situé au niveau du numéro 75. Deux minutes à pied pour une distance de deux cents mètres, selon le logiciel. Autant dire rien, mais avec les deux glacières qui me tiraient de plus en plus sur les bras, sans compter le sac en bandoulière qui me sciait l'épaule, il m'en fallut trois.

À l'abri de bus, j'avisai l'un des deux bancs (des bancs anti-pauvres dans la plus pure tradition du mobilier urbain des temps modernes, conçu pour empêcher les déshérités de s'allonger et de dormir), posai enfin mon chargement sur le bitume, puis mon cul sur le siège, heureux de souffler un moment.

Hélas, point de répit, mon portable vibra. Et le message me fit l'effet d'un bâton de dynamite explosant dans mon dos sans prévenir. J'en fus tétanisé.

Où est le fric ?

Sueurs froides… Le fric, je l'avais entre mes jambes, mais on me le contestait déjà. Ça se corsait salement.

Vérification faite, c'était le numéro des frères Lupion, celui qu'ils avaient utilisé quand ils m'avaient ordonné de cesser de « traîner avec cette salope ». Pour interpréter ce SMS, il fallut que je me secoue les neurones et me lubrifie les synapses.

Si les Lupion réclamaient le pognon, c'est qu'ils avaient finalement débarqué à Saint-Ouen (comme prévu). Alex était donc un de leurs hommes et, au local, on m'avait tendu un guet-apens pour me vendre aux Moldaves. Pouvais-je en conclure que les Lupion étaient de mèche avec Kastel et que ce dernier se livrait lui aussi au trafic d'organes ? Peut-être. Pas sûr. Le rôle de Kastel restait encore incertain, mais on ne pouvait exclure qu'il soit le croquemort en personne.

Ou alors un des Lupion ? Bien que l'image que je m'étais forgée des frangins (deux primitifs au front bas) cadrât mal avec l'hypothèse de cerveaux de l'affaire.

Par association d'idées, mais trop tard, je me suis souvenu de la boîte en carton écrasée par cette brute d'Alex. Il n'était plus temps de retourner là-bas, encombré par les glacières et le sac, surtout si les Lupion y rôdaient encore. Bon Dieu, si je l'avais ramassée, cette boîte, j'aurais pu découvrir son contenu. Et avec, sans doute, une information capitale, dont je m'étais privé. Mais voilà, ce sac plein d'oseille et ces reins congelés m'avaient accaparé et je n'avais plus pensé au colis que j'avais apporté. Rageant !

Quoi qu'il en soit, ce message me fit prendre conscience que je n'étais pas de taille. Me vautrer de la sorte au milieu d'un trafic international, ce n'était pas de l'imprudence, mais de l'inconscience. Ces types devaient avoir refroidi plus d'un présomptueux dans mon genre d'une brève rafale de kalachnikov, et ce n'était pas mon petit flingue de poche qui allait me protéger. Mieux valait déguerpir au plus vite.

Je me levai d'un bond, empoignai le sac (car je croyais encore pouvoir me tirer avec l'oseille), poussai les glacières sous le banc, et alors que je m'apprêtais à filer, je vis, à une vingtaine de mètres, des phares s'allumer, une voiture qui déboîtait, quittait la file des véhicules garés le long du trottoir d'en face, et venait à vitesse réduite dans ma direction.

J'aurais pu prendre mes jambes à mon cou, mais la panique (je le vérifiais une nouvelle fois) entraîne parfois une paralysie de l'action et de la pensée. Ce fut le cas et, debout au milieu de l'abri, l'esprit soudain vide, je me tenais aussi passif qu'un gars qui regarde son bus arriver.

Le gros 4x4 (ou SUV, je suis nul en bagnoles) s'approcha, freina doucement à mon niveau, s'arrêta, et la porte arrière s'ouvrit. D'une manière tout à la fois stupide et grotesque, je me penchai vers l'habitacle, exactement comme si quelqu'un allait me demander un renseignement.

— Montez, s'il vous plaît, ne perdez pas de temps.

Il suffit de peu de chose. Le vouvoiement, le ton poli et calme, eurent sur mes nerfs un effet apaisant. Quasi anesthésiant. Tel un automate, je descendis du trottoir, lorsque la voix retentit à nouveau avec un soupçon d'agacement :

— Les glacières…

Dire que j'allais les laisser sur place ! Je me précipitai pour aller les chercher, les saisis comme je pus, gêné par mon sac, et, les entrechoquant dans la précipitation, je m'engouffrai à l'arrière de la voiture. Les soulevant, je les posai assez brutalement au milieu de la banquette entre l'homme et moi.

– Doucement ! fit-il.

Et le ton, cette fois-ci, frisait l'exaspération.

Le véhicule redémarra aussitôt. Obsédé par mes cinquante mille euros, je maintenais fermement le sac sur mes genoux.

Tout s'était passé si vite que je me retrouvais dans la situation que j'avais décidé d'éviter quelques minutes auparavant. Loin de fuir pour disparaître, j'étais désormais prisonnier derrière l'épaisse carrosserie et les vitres fumées de ce gros SUV.

L'homme sur ma gauche, dont j'étais séparé par les deux glacières, avait l'allure respectable du bourgeois d'un certain âge, conservateur et bien éduqué, cheveux blancs tirés en arrière, cravate et costume trois pièces, revêtu d'un beau et long manteau un peu démodé mais de très belle facture. Rien du parrain de la mafia.

Il aurait fait un très bon M. Kastel, tel que je m'étais imaginé le bonhomme. Hors de question, cependant, de s'enquérir de son patronyme. Chat échaudé craint l'eau froide, et les moqueries sibyllines d'Alex quand j'avais prononcé ce nom m'avait refroidi.

Par ailleurs, trop ignorant de notre destination et de la suite des opérations, je n'osais pas prononcer une parole.

— J'ai été averti que ce ne serait pas Alex, dit-il sur ton neutre.

Oui, naturellement, par téléphone, le contact l'avait prévenu. Je ne crus pas nécessaire d'ajouter quoi que ce soit. Il reprit :

— Vous saurez tenir votre rôle ? On vous a briefé ?

Moment délicat. Avouer que je n'étais au courant de rien aurait été vraiment louche, attirant sur moi la suspicion. Dans ces cas-là, on ment sans se poser de questions.

— Oui, fis-je faiblement.

— Tant mieux.

Il avait l'air satisfait. Moi aussi, car même si je sentais que de nouveaux ennuis se profilaient, cet homme très digne, bien sous tous rapports, qui semblait cocher toutes les cases de l'honorabilité, ne paraissait pas avoir l'intention d'attenter à ma personne.

Il me jeta un sourire d'une grande civilité, auquel je répondis de mon mieux en découvrant mes incisives, puis il tendit l'index vers mes genoux.

— C'est quoi, ce sac ? Un rapport avec notre affaire ?

– Non, aucun ! affirmai-je avec un brin de précipitation.

Il hésita, et une légère agitation de ses sourcils signala sa perplexité. J'allais faire face à une question embarrassante. Qui tomba comme un couperet.

– Il vous encombre. Pourquoi le trimballez-vous ?

Ma seule arme, l'improvisation.

– Je quitte Paris dès que c'est terminé. Et j'emporte un peu de linge et une trousse de toilette.

– Je vois.

Puis il se tut, consulta sa montre, et s'adressa au chauffeur.

– Nous sommes légèrement en retard, Henri. Sans faire d'imprudence, si vous pouviez accélérer un peu.

11

Le puissant véhicule monta en régime et, sans donner l'impression d'aller vraiment vite, parcourut les rues et traversa les carrefours avec une plus grande célérité.

Quand j'affirme que je n'avais aucune idée de notre destination, c'est en partie faux. Un rein arraché à son propriétaire a vocation à être transplanté au plus tôt sur son bienheureux bénéficiaire, qui doit l'avoir chèrement monnayé. Une clinique, clandestine peut-être, ne pouvait être que le but de cet affreux périple.

C'est pourquoi j'essayai de suivre le trajet, lorgnant les panneaux indicateurs, mais ma méconnaissance de Paris et de sa banlieue proche ne m'aidait guère. Néanmoins, chez tout provincial, même le plus ignorant, la pancarte *Xxxxxxx*[1]

1. L'amie qui m'a déconseillé de raconter cette histoire m'a cette fois-ci formellement interdit de nommer cette riche commune.

réveille une pensée pavlovienne qui fut la mienne quand nous la franchîmes. On allait chez les rupins.

Il y eut encore quelques tour et détours qui ne m'évoquèrent rien, puis le SUV bifurqua et s'engagea vers des bâtiments dont la fonction ne faisait guère de doute. Surtout que, juste avant, sur le trottoir, un panneau exhibant un *H* majuscule blanc sur fond bleu avait renseigné en amont le conducteur. De plus, une signalétique fléchée explosait à la première intersection : *Consultations – Hospitalisation – Urgences – Parking Visiteurs,* etc.

La voiture roula au pas et stoppa sur un emplacement réservé aux livraisons. Ma caricature de vieux bourgeois distingué avait saisi son téléphone et se révélait assez laconique avec son interlocuteur :

— Nous sommes arrivés... Pardon ? Quelle entrée ?... Entendu... Oui, je vous l'envoie.

Puis il écarta le portable de son oreille et me demanda :

— C'est comment, votre nom ?

Se camoufler, brouiller les cartes, ne jamais révéler sa véritable identité. Dans certaines situations très particulières, on sent ces choses-là, c'est une sorte d'instinct de survie. Il faut répondre vite, alors que l'esprit est pris de court.

Inventer quelque chose, certes, mais pas n'importe quoi. Le stress, sans doute, car c'est malheureusement ce que je fis en balançant :

— Hector.

C'était sorti tout seul, et aussitôt regretté. Hélas, ce type de boulette, on ne peut pas les récupérer. Mon digne interlocuteur n'eut aucune réaction significative. Il colla de nouveau son téléphone sur sa tempe, prononça le prénom de mon vieux camarade, et raccrocha.

Il posa ensuite sa main sur une glacière et de l'autre désigna le bâtiment le long duquel nous étions garés.

— Vous voyez l'entrée là-bas, avec la porte à double battant ?

— Oui.

— Ce sera là.

Comme je ne bougeais pas (que devais-je faire ?), il manifesta de l'impatience :

— Allez-y, prenez les glacières. Qu'est-ce que vous attendez ?

J'ouvris la portière, sortis avec mon sac et me retournai pour saisir les glacières. Alors, changeant brusquement de ton, il devint autoritaire :

— Laissez vos affaires, ne vous surchargez pas ! Personne ne va vous voler votre brosse à dents !

À contrecœur, après de longues secondes d'hésitation pendant lesquelles je mesurais le risque qu'il se mette vraiment en colère, je laissai mes cinquante mille euros dans l'habitacle.

★

★ ★

Me voilà donc de nouveau avec les deux glacières à bout de bras, marchant vers l'entrée désignée. Le rôle d'Alex était donc de tout faire : réceptionner les reins et les livrer à l'hôpital.

En me positionnant de profil, de l'épaule je poussai l'un des battants pour me faufiler en biais à l'intérieur. Dès que je fus de l'autre côté, le vantail se referma derrière moi en claquant. On m'attendait. Un homme seul, en blouse verte.

Je ne sais pas si vous l'avez déjà remarqué mais, à l'hôpital, il y a du personnel en blouse blanche et du personnel en blouse verte. Le vert, c'est la chirurgie, quand le sang peut gicler et salir la blouse (les taches sont alors moins effrayantes pour le patient que sur le blanc), et parce que le vert offre plus de contraste avec le pourpre des chairs et des organes.

L'observation me ramena aux reins que je trimballais. Pourpres, ils devaient l'être, palpitants aussi, et nécessairement destinés au service de chirurgie.

Le gars (un infirmier ?) s'approcha et, alors qu'il n'y avait personne à proximité, m'interrogea à voix basse, tel un comploteur :

– C'est vous, Hector ?

J'ai failli répondre par la négative… Par manque d'habitude. Utiliser une fausse identité exige un temps d'adaptation bien compréhensible avant de s'enfoncer dans le crâne son nouveau prénom et, surtout, d'éviter le piège de réagir au sien.

De toute façon, la question ne révélait pas un esprit brillant. Je venais de débarquer sur le lieu du rendez-vous et je portais deux glacières. Qui pouvais-je être d'autre ? Bon, passons. J'acquiesçai en silence.

D'autorité, il prit possession de mon chargement, appuya sur un bouton qui commandait non pas un ascenseur mais un monte-charge et attendit sans rien dire. Et même sans me regarder.

Pourtant, il me sembla assez naturel de le suivre. C'est que le pognon était devenu chez moi une obsession. « *You'll give it to the undertaker* », avait déclaré le Moldave. Cela, je ne l'avais pas oublié, et je tenais à récupérer l'oseille. Moins à le donner au croquemort, à vrai dire, même si cette triste perspective paraissait assez probable si l'homme de la voiture était bien M. Kastel, alias le croquemort.

Du reste, l'infirmier ne protesta pas contre ma présence dans le monte-charge. Au contraire, au moment d'en sortir, il me donna même un blanc-seing en déclarant :

– On va faire comme la dernière fois. Je gère.

Nous parcourûmes deux couloirs, croisant à plusieurs reprises du personnel médical affairé qui, indifférent, ne nous prêta aucune attention. Montant ensuite encore deux étages, dans un ascenseur cette-fois-ci, nous fîmes irruption sur une plate-forme assez large grouillante de monde. Une valse incessante de blouses vertes et blanches, constituée de médecins, d'infirmières et d'aides-soignantes, je suppose. Il y avait de l'effervescence et de la tension dans l'air.

Mon infirmier fouilla du regard cette agitation brownienne et, quand il eut repéré sa cible, fonça droit sur elle. Je ne le quittai pas d'une semelle, bien décidé à ne pas céder mes reins sans leur juste contrepartie financière. Il arriva dans le dos d'un homme en tunique bleue, blouse et pantalon.

Parce que, figurez-vous, il y a aussi des blouses bleues à l'hôpital. C'est pareil que les vertes, elles sont utilisées au bloc opératoire pour les mêmes raisons.

Cet individu, donc, qui se retourna à l'appel de son nom (que j'ai décidé de ne pas dévoiler), avait tout du mâle blanc dominateur, sûr de lui, suffisant, et très méprisant envers les misérables mortels qui n'avaient pas eu la chance de recevoir en partage une telle brillantissime intelligence.

Le chirurgien-chef sans doute, genre grand ponte à la faculté de médecine, exerçant en secteur 3 non conventionné avec de substantiels dépassements d'honoraires. En tout cas, signe de son évidente supériorité, il était le seul revêtu de bleu. À croire qu'il avait interdit à ses collaborateurs de choisir la même couleur que lui.

— Ah, ce n'est pas trop tôt ! Quel retard ! fit-il sur un ton où s'exprimait sans retenue l'exaspération d'avoir attendu.

Je ne sais pas s'il remarqua ma présence (je me tenais en retrait, un pas en arrière), mais il baissa la voix pour ajouter :

— Le fils du ministre est déjà au bloc.

Puis, d'une voix impérieuse, il héla une blouse verte :

— Docteur Mancherot ! Ils sont là. Vérifiez auprès du néphrologue la compatibilité avec notre petit malade. Qu'importe le rein pourvu qu'on soit compatibles !

Le docteur susnommé s'exécuta sans barguigner. Il empoigna les glacières et disparut avec elles. J'en restai comme deux ronds de flan, avec la très désagréable sensation du mec qui vient de se faire rouler dans la farine. On venait de me voler mes reins que j'avais obtenus de haute lutte au péril de ma vie.

Oubliant où je me trouvais, je m'écriai :

– Je veux être payé !

Un silence de cathédrale mit fin brutalement au brouhaha ambiant. Mon infirmier me jeta un regard affolé. Trop tard. Emporté par ma toute récente cupidité, j'avais dérogé à la règle qu'il m'avait donnée, à savoir fermer ma gueule.

Le chirurgien-chef me toisa une pleine seconde et rétorqua sur un ton glacial :

– Quel est cet énergumène ?

D'une toute petite voix coupable, l'infirmier marmotta en baissant la tête :

– C'est l'homme qui a rendez-vous avec la famille.

– Eh bien, que fait-il ici ? S'il vous plaît, débarrassez-moi de cet individu. C'est un hôpital, ici, pas le marché aux puces !

Il accompagna ces amabilités à mon encontre d'un geste excédé signifiant « Du balai ». Une main ferme dans mon dos, l'infirmier m'entraîna à l'écart, tandis que reprenaient la valse des blouses et le bourdonnement sonore du personnel médical. Tant que je fus à portée de vue, je sentis peser sur ma scélérate personne le regard accusateur et désapprobateur du grand patron.

— Qu'est-ce qui vous a pris, bon sang ! Je vous avais dit de ne pas intervenir !

Mon guide avait l'air furieux, si bien que je décidai de me taire. Empruntant un couloir latéral, il me poussa dans une pièce, sans doute une petite salle de réunion, avec quatre tables réunies au centre, formant un rectangle entouré de chaises.

— Attendez-là et, surtout, n'en bougez pas. Je vais vous mettre en relation.

Aussi sec, il s'éclipsa. Malgré la fatigue, j'étais beaucoup trop énervé pour m'asseoir et je demeurai donc debout, tournant autour de la table tel, dans sa cage, le fauve du zoo.

Le Grand Schtroumf bleu avait dit « le fils du ministre » et je mesurais mieux l'étendue de l'ignoble commerce. Enraciné dans une sordide clinique clandestine en Moldavie (peut-être pas si clandestine, d'ailleurs), le fil sinueux du trafic menait jusqu'au très clean service de chirurgie de cet hôpital huppé pour résoudre certains problèmes de santé de notre petite élite française.

Ici, on craignait le scandale, l'esclandre et les révélations. Certains savaient, d'autres non. La direction de l'hôpital sans doute pas (en tout cas, je préférais le penser), la plupart du personnel médical non plus, mais parmi la fine équipe de « transplanteurs » qui officiait au bloc il fallait être sacrément con, inattentif ou naïf pour l'ignorer.

Quoi qu'il en soit, bien que préoccupé par l'issue de cette attente, je me sentais en sécurité. A priori, on ne prend pas une balle en plein front dans un hôpital. Ce serait trop fâcheux pour la réputation de l'établissement. Au cas où je n'obtiendrais pas ma juste rétribution, j'avais d'ailleurs la ferme intention de retourner me manifester auprès du grand patron, qui ne pouvait méconnaître la provenance illicite des reins.

La porte s'ouvrit et laissa passer un homme cravaté, en veste et chemise blanche, la quarantaine, à l'allure d'un cadre supérieur d'une grosse entreprise. Il portait une mallette assez plate.

Première surprise (qui m'inquiéta), il sortit une clé de sa poche et verrouilla la porte derrière lui. Sans me saluer, il posa la mallette sur la table.

– Je représente les intérêts de la famille, dit-il.

La famille du ministre, supposai-je.

Il ajouta :

– Et je suis aussi mandaté par la famille de Mme de Saintonge.

Mon cerveau tentait de traiter au mieux les informations. Deux reins, deux opérations, deux malades : le fils du ministre et Mme de Saintonge. Logique.

Avec les pouces, il appuya sur les fermoirs métalliques de la mallette, déclenchant le mécanisme d'ouverture en deux claquements secs. Il souleva lui-même le cadre supérieur, découvrant des liasses de billets de deux cents, serrées comme des sardines dans leur boîte.

Impressionnant. Il devait y en avoir pour un paquet.

— La part des médecins a été prélevée. Reste donc deux fois cent mille, comme convenu.

Choc des chiffres, qui me fit déglutir. Donc, si chaque liasse était constituée de dix biftons, je me trouvais devant cent liasses pour un total de deux cent mille euros (j'ai toujours compté vite).

— Ce sont des paquets de dix ? répondis-je avec un flegme qui m'étonna.

— Oui. Vous pouvez vérifier, mais faites vite, l'affaire doit être menée avec diligence.

« Avec diligence », comme cela était joliment dit. J'étais en présence de gens bien élevés qui avaient du vocabulaire, même si mon interlocuteur était un homme des basses œuvres. Mais travaillant pour un ministre de la République, ce qui change tout. Car enfin, il n'y a pas de mal à vouloir sauver du trépas sa progéniture, surtout si on a le pognon pour se procurer illégalement un rein humain, une denrée rare qu'on ne trouve pas chez son charcutier.

Pour montrer mon sérieux (ou ma méfiance), je contrôlai deux liasses (au hasard), m'assurai qu'il y en avait cent et, d'un signe de tête, manifestai ma satisfaction. Il referma l'attaché-case.

Puis, en tirant son téléphone de sa poche, il eut cette phrase qui me liquéfia :

– J'avertis M. L. que la transaction est terminée. Vous voulez aussi le lui confirmer ?

– Non, merci. Ce ne sera pas la peine… dis-je d'une voix blanche.

Je craignais que L., qui avait de fortes chances d'être le croquemort, demande à me parler. Heureusement, fausse alerte. Il envoya un SMS et il n'y eut donc pas de conversation téléphonique qui aurait pu m'impliquer et révéler mon imposture.

– Bien, fit-il en remisant son portable. J'appelle l'infirmier pour qu'il vous raccompagne.

Et, laissant la mallette sur la table, sans me dire au revoir, il déverrouilla la porte et s'éloigna dans le couloir.

12

Dans le monte-charge qui nous redescendait au niveau du parking, mon infirmier-guide était toujours aussi silencieux. Peut-être m'en voulait-il encore de ma sortie incongrue face au Grand Schtroumf ?

N'imaginant pas qu'il puisse être un acteur bénévole de l'affaire, je tentai de renouer le dialogue en le prenant dans le sens du poil :

— Vous avez eu votre part, je suppose ?

— J'pense bien ! s'épanouit-il soudain. Hé, ça se refuse pas une somme pareille !

— Combien ?

— Mille euros.

D'accord. Donc, pour le service rendu, son silence et le risque encouru, ce gars-là touchait 0,5 % de ce que j'avais dans la mallette L'essentiel n'était-il pas son sentiment de recevoir beaucoup ? De fait, cela devait atteindre (ou dépasser ?) la moitié de son salaire net mensuel. J'imaginais que, de son côté, le chirurgien devait palper dans les dix mille tout en estimant que c'était mal payé. Chacun voit le monde à son échelle.

Finalement, nous nous quittâmes bons amis, au point que sur le seuil, agitant la main en signe d'adieu, il me lança :

— À la prochaine !

Il m'avait adopté. Quoique certain de ne jamais jouer une seconde fois ce rôle de livreur, je lui souris en retour le plus amicalement possible.

Faut jamais décevoir les gens qui vous aiment.

⋆

⋆ ⋆

En profitant de l'obscurité et en me faufilant au milieu des voitures du parking, l'envie de fuir avec la mallette tout en abandonnant mon sac (j'y gagnais et pas qu'un peu) fut à cet instant très puissante dans mon esprit, fort allégé par cette mission accomplie sans encombre. Hélas, je n'eus pas le temps d'exécuter ce projet car, sitôt dehors, les puissants phares du SUV clignotèrent deux fois dans ma direction m'incitant à le rejoindre.

Dès que je fus dans le véhicule, mon très respectable notable attrapa la mallette comme si on lui rapportait son propre bagage et la posa sur ses genoux, mais sans l'ouvrir.

— Vous ne vérifiez pas ? demandai-je pour me donner une contenance, car l'angoisse de la situation m'avait aussitôt repris.

— Non, car vous l'avez fait, n'est-ce pas ?

Phrase terrible, que j'interprétai d'une seule manière. Il savait. Il savait que j'avais checké le contenu de la mallette pour la simple raison qu'il avait été le destinataire du SMS de l'homme qui m'avait remis le pognon.

Conclusion, qui me terrifia, M. L. qui se trouvait tranquillement assis à mes côtés était sans doute le croquemort. Mes mains se crispèrent sur le sac de sport. Mon fric !

Cependant, pas de panique, a priori, mon fric ne lui revenait pas. J'y voyais pour preuve la recommandation du Moldave : « *For the kidneys, you'll give the money to the undertaker.* » Or, l'argent des reins, il l'avait récupéré avec la mallette. Et celui de mon sac, c'étaient les Lupion qui le cherchaient. Ces terribles frangins avaient perdu ma trace (du moins, je pouvais le supposer) et il me restait donc de bonnes chances de m'en tirer sans dommage.

S'attarder avec le croquemort aurait néanmoins été la pire des options. Il fallait s'extirper au plus vite de ce chaudron hostile et tirer ma révérence à tout ce beau monde ; les frères Lupion, M. Kastel, le croquemort, Alex, le Grand Schtroumf, l'infirmier corrompu et autres sympathiques livreurs moldaves.

L'inquiétant était que la voiture roulait dans la nuit sans que mon hôte songeât à se séparer de ma petite personne. Fallait peut-être l'y inciter :

– Vous pouvez me déposer à la station de métro la plus proche, je me débrouillerai… proposai-je gaillardement.

Il me considéra avec des yeux sans expression.

– Voyons, Hector, nous n'en avons pas tout à fait terminé, je crois.

S'il le disait… Moi, j'étais un peu comme un gus qui assiste à un spectacle de cirque sans avoir lu le programme. J'aurais bien voulu être affranchi car, à chaque fois pris de court, j'étais obligé de me taire pour éviter que mon ignorance ne me trahisse.

Je pris mon mal en patience en espérant être bientôt libéré. Hélas, comme je l'ai déjà signalé, ma méconnaissance de Paris et de sa banlieue proche m'empêchait de savoir où nous allions. J'avais un peu l'impression qu'on tournait autour de la capitale, jamais très loin du périph, dont je voyais souvent les panneaux, mais nous ne le prenions jamais. En tout cas, nous ne partions pas en rase campagne.

Toute promenade a une fin et, au cœur d'un lotissement de l'entre-deux-guerres, la voiture s'arrêta face à un portail qui s'ouvrit avec une lenteur exaspérante quand le chauffeur braqua dans sa direction un boîtier électronique.

Derrière apparut une maison typique de cette époque, ni vraiment grande ni vraiment petite, avec un perron de quelques marches permettant d'accéder à l'entrée, un balcon muni d'une balustrade en pierre à l'étage supérieur et trois fenêtres supplémentaires sur la façade principale dont l'une émergeant du toit par un chien-assis. Et (j'oubliais), sur la partie droite de la maison, un garage semi-enterré dans lequel la voiture descendit avant de s'immobiliser.

Jusqu'à présent je ne vous ai pas parlé du chauffeur pour la simple raison que je ne voyais que sa nuque, ses épaules ou ses mains posées sur le volant, le croquemort ayant par ailleurs accaparé toute mon attention. Je savais seulement qu'il se nommait Henri.

Eh bien, quand il fut debout à côté du véhicule, je fus estomaqué par sa carrure. Qu'il soit plus épais que moi n'étonnera personne puisque je vous ai déjà instruit sur mon aspect osseux et filiforme. En revanche, il était aussi grand que moi, voire plus, et je ne suis pas petit, au contraire. Il était ce qu'on appelle communément une baraque, un gros balaise, un gorille, une armoire à glace. Enfin, bref, le genre de gars à qui on n'oserait même pas demander l'heure dans la rue.

Je n'en fus pas rassuré. Loin d'un inoffensif chauffeur à casquette, il avait tout du garde du corps lourd et musclé, armé fatalement, et qui ne devait pas faire dans la dentelle quand son patron lui ordonnait de mater un intrus ou un imposteur. Ce que j'étais. Il allait falloir jouer serré.

★

★ ★

Pour accéder à la maison, nous dûmes ressortir dans le jardin, gravir la volée de marches du perron, et je pénétrai (croquemort devant, garde du corps dans le dos) dans un vestibule de dimension modeste. Le croquemort balançait la mallette à bout de bras d'une manière assez désinvolte vu son contenu, tandis que je tenais fermement et nerveusement mon sac de sport dont je n'aurais accepté de me séparer pour rien au monde.

Dans le hall d'entrée, sur un guéridon, se trouvaient en vrac quelques lettres non ouvertes, des factures diverses, dont celle d'électricité permettant de lire le nom du destinataire.

Monsieur Léaumar.

Autrement dit, M. L.

Léaumar, un nom inconnu au bataillon depuis le début de mes mésaventures. Exit M. Kastel, l'une de mes suppositions pour incarner le croquemort. On ne peut pas dire que ce nouveau patronyme éclaircissait le panorama.

Incidemment, je pus aussi noter le nom de la commune : Pantin. D'ouest en est, nous avions bien tourné autour de Paris.

M. Léaumar me fit signe de le suivre. J'avais le fort pressentiment que tout cela allait très mal se terminer. J'étais allé trop loin. J'avais trop poussé mon avantage quand, la chance me souriant, je m'étais débarrassé de l'affreux Alex, récupérant ce paquet de pognon.

Le fric, pourquoi en désirer toujours plus ? Ne pouvais-je donc me contenter de ces cinquante mille euros ? N'était-ce pas déjà une très belle somme tombée inopinément dans mes bras ? Ah, on a bien raison de dire que plus on en a, plus on en veut ! C'est une sorte de fatalité humaine à laquelle je n'avais pas échappé et que j'allais maintenant devoir payer (si je puis dire).

Après un couloir étroit, nous gravîmes un escalier (étroit lui aussi) jusqu'à un bureau très bourgeois, meublé d'une bibliothèque en acajou, d'une belle table de travail ancienne, style Louis quelque chose, d'un tapis moelleux, de lourds rideaux aux fenêtres, sans oublier les tableaux aux murs. Je me trouvais dans la pièce avec le balcon à colonnades repérée du jardin.

Léaumar, par son style vestimentaire et ses manières de retraité conservateur (oserai-je dire réactionnaire et bien-pensant ?), était en parfaite adéquation avec ce bureau. Il y était comme un poisson dans l'eau ou le renard dans sa tanière.

– Détendez-vous, déclara-il. Vous me paraissez un peu crispé.

« Crispé », il en avait de bonnes, lui ! Comment ne pas l'être, avec le brave Henri, bras croisés et jambes écartées, qui se tenait dans l'encadrement de la porte, obstruant l'issue de secours ?

Il s'ensuivit une scène qu'on ne voit que dans les films. Tout en parlant (il me demandait de me mettre à l'aise en retirant mon blouson et de m'asseoir, ce que je ne fis pas), il décrocha un tableau, laissant apparaître un grand coffre encastré dans le mur.

Pianotant sur le digicode, il l'ouvrit, provoquant en moi le sentiment très désagréable que j'en savais désormais plus que je n'aurais dû. Inutile, je suppose, de vous faire un dessin pour vous rappeler ce qui arrive, chez les truands, à ceux qui en savent trop. On les fait disparaître.

Il enfourna la mallette dans le coffre-fort et, laissant celui-ci ouvert, il s'approcha du fauteuil de son bureau, posa la main sur le dossier et me fixa droit dans les yeux. Son regard était nettement moins civil et affable que dans son SUV.

Telle une maman qui a peur de laisser choir son nouveau-né, je tenais le sac à deux mains, bien serré contre ma poitrine.

— Hector, vous montrez un attachement immodéré pour votre brosse à dents, susurra-t-il, mi-figue mi-raisin.

Je devins blême. Était-ce du lard ou du cochon ? Debout dos à la fenêtre (une position de repli), je jetai un coup d'œil vers Henri, qui n'avait pas cillé. Peut-être était-ce une forme d'humour de la part de son patron, auquel cas il n'y avait pas lieu de s'inquiéter. N'empêche, sans même m'en rendre compte, je pressais derechef le sac contre mon buste, les billets s'écrasant et se froissant les uns contre les autres en un bruissement gênant.

Avec sa langue, Léaumar fit un « Ttt... ttt... » réprobateur, comme si j'étais un gamin récalcitrant qui ne veut pas entendre raison.

— On s'ennuie ferme dans une voiture quand on attend le retour du livreur de reins, ajouta-t-il, cultivant ce ton exaspérant de ne pas y toucher.

— Sûrement, répondis-je pour tenir la conversation.

— Alors, on s'occupe, on se distrait.

— Oui…

— Avec ce qui vous tombe sous la main, poursuivit-il.

— Bien sûr.

— Vous voyez ce que je veux dire ?

— Non…

Cette fois-ci, il eut un net regard en direction de son garde du corps. Moi, je fermais presque les paupières en attendant le coup de grâce. Je n'y croyais plus, mais je tentais de faire bonne figure et de ne rien laisser paraître de ma détresse.

On ne sait jamais, ça pouvait passer, « sur un malentendu », selon l'expression populaire. Hélas, il m'ôta toute illusion en assenant sans détour, d'une voix peu amène :

— Il faudrait cesser de me prendre pour un imbécile.

— Mais, enfin, monsieur Léaumar, je vous assure…

— Ça suffit, à présent !

Oh, le silence que cette injonction provoqua. Affreux ! Il avait l'air furieux et, sans aucun doute, l'avoir désigné par son nom était une erreur supplémentaire. Que je le connaisse avait paru renforcer sa colère. C'était de sa faute, aussi. Il n'avait pas à laisser traîner ses factures de gaz et d'électricité dans le vestibule.

– Votre sac, dit-il en le pointant de l'index, votre sac, je l'ai ouvert, et on n'y trouve pas la moindre brosse à dents ! Vous le savez, ça ?

– Quoi ? Que je sais quoi ? m'écriai-je en pleine panique.

– Que vous n'allez pas pouvoir vous laver les dents ce soir.

13

Ce fut comme si le sol s'effondrait sous mes pieds. Souvent, par faiblesse de l'âme ou simple lâcheté, l'être humain se raccroche à quelque chose, une chimère de l'esprit, une fiction rassurante, n'importe quoi qui nie la réalité lorsque celle-ci n'est plus supportable. Las ! Le déni, je n'en étais plus là.

J'atteignais ce moment de vérité que, dans mon cas, toute personne sensée et un peu raisonnable aurait entrevu dès le début. Disons-le en termes triviaux, j'avais joué et j'avais perdu.

— Vous êtes très pâle, vous ne voulez pas vous asseoir ? dit-il avec une bienveillance feinte.

Non, je ne souhaitais pas m'asseoir. Je demeurais debout, buté et tremblant, m'agrippant à mon sac comme à une bouée.

— Voilà ce que nous allons faire, commença-t-il. D'abord vous allez me donner ce sac, car je pense que cet argent ne vous appartient pas.

Il me débita alors une tranche du *Petit Malfrat illustré* et de son code d'honneur.

– Hormis un pourcentage de 5 %, l'attaché-case que je viens de ranger contient aussi de l'argent qui ne m'appartient pas. Il ne me viendrait jamais à l'esprit de le subtiliser à son propriétaire. Non, je dois le lui transmettre, et c'est un devoir de le faire si on veut satisfaire toutes les parties. C'est une chaîne avec beaucoup de participants. Aucun écart à la bonne conduite du commerce ne peut être toléré, au risque sinon de produire une déflagration malvenue dont nous pourrions tous pâtir. Vous me comprenez ?

Il n'obtint de ma part aucune réponse.

– Bon, donc, je vous le redemande gentiment, donnez-moi votre sac, s'il vous plaît, reprit-il.

Bouche cousue, nuque raide et douloureuse, les muscles tétanisés, je m'y refusais, tel un cheval face à l'obstacle.

– Dès que vous m'aurez donné cet argent, je vais appeler le croquemort pour savoir s'il s'agit, comme je le suppose, de sa recette.

Nouvel effondrement du fragile édifice que j'avais élaboré. Il n'était pas le croquemort. Mes yeux durent s'arrondir comme des pièces de deux euros.

– Si vous ne m'obéissez pas, Henri saura trouver les bons arguments.

La menace de trop.

Ce n'est pas que je cherche des excuses à ce qui s'est ensuite produit, qui n'est pas pardonnable. Mais le lecteur, la lectrice, doit tenir compte de l'état de fatigue accumulé et du poids des tensions depuis le début de la soirée. Il était fort tard et mes nerfs étaient devenus d'une sensibilité extrême.

Quand, de nouveau, le regard de mon persécuteur croisa celui de son garde du corps, je perdis les pédales. Lâchant soudain mon sac, qui tomba sur le sol, je tirai de mon blouson le pistolet et le pointai dans la direction de Léaumar.

Je n'avais aucune mauvaise intention. Mon seul désir était de quitter la baraque. Avec mon pognon, quand même. Mais c'était tout. J'espérais qu'Henri s'écarterait de la porte et me laisserait fuir.

Or, je manquais de technique. Et, pour tout avouer de mes ignorances en la matière, je n'avais jamais compris pourquoi, au cinéma, dans certains moments chauds, l'index du flic se positionnait souvent sur la boucle de métal qui entoure la détente (que les enfants appellent la gâchette) et non directement sur celle-ci, comme s'il ne souhaitait pas tirer. C'est parce que cette dernière est très sensible et que la nervosité, le moindre mouvement intempestif du doigt, peut déclencher le tir.

Mon émoi fut cause de tout. En braquant avec une telle précipitation le canon dans la direction de

Léaumar, mon index exerça une pression trop forte sur la détente et le coup partit. Un claquement assourdissant, et Léaumar fut frappé en pleine poitrine. Il s'effondra sans un mot.

Je n'eus même pas le temps de prendre conscience de la catastrophe. Henri eut un geste malheureux (sa main droite s'enfonçant dans sa veste), aussitôt j'orientai à la vitesse de l'éclair mon arme vers lui. Et, *pan !*, dans l'affolement, rebelote !, manque de maîtrise technique. Nouveau coup de feu, qui l'atteignit au thorax.

Il sursauta, puis il glissa verticalement, tombant sur le cul en douceur tandis que ses jambes se plissaient comme un accordéon. Enfin, dans une position assez grotesque, son buste bascula légèrement sur le côté, bloqué par le chambranle de la porte.

★

★ ★

La tournure inattendue des événements me laissa pantois. Bien sûr, j'imagine que vous n'avez jamais connu une telle situation et que vous pensez (assez naïvement) qu'on se précipite vers la sortie pour disparaître. Eh bien, détrompez-vous, pas du tout.

Ce qui frappe d'abord, c'est cet étrange silence, chargé d'anormalité, et ce sentiment de désastre, de drame irréversible associé à une épouvantable impression de solitude. Nous étions trois et, en deux claquements de doigts, j'étais seul. C'est très difficile à croire, à intégrer, et on considère les cadavres comme s'ils allaient se relever, s'épousseter, et s'écrier « Ah, c'te bonne blague ! »

Voilà pourquoi je suis resté sans bouger, stupide, incapable d'envisager la suite. Il me fallut bien cinq bonnes minutes pour que j'ose m'approcher de l'un et de l'autre, à pas de loup, méfiant et circonspect.

Léaumar était allongé sur le dos, de tout son long, tel un gisant de cathédrale, et il avait les paupières closes. Je trouvai ce détail très élégant de sa part. Nul reproche dans le regard qui m'aurait culpabilisé. Je l'étais assez pour qu'on évite d'en rajouter.

En revanche, Henri avait les yeux ouverts. C'est assez désagréable. On se sent mal à l'aise dans ses baskets, comme si le macchabée cherchait à manifester son infortune ou sa désapprobation par cette ultime mesquinerie. Je sais que ce n'est pas bien de réagir ainsi (il était plus à plaindre que moi), pourtant, supportant mal cette mise en cause de ma gaffe, j'ai failli lui tirer dessus une seconde fois.

J'eus l'impression (à tort, il n'y a pas de doute) qu'il fixait quelque chose derrière moi. Je me suis retourné et mon attention fut attirée par la porte ouverte du coffre-fort. Léaumar y avait remisé sa mallette et c'est aussi là qu'il souhaitait enfermer mon sac. Temporairement, puisque son intention était de vérifier auprès du croquemort que l'argent en ma possession lui appartenait. Ensuite, je suppose qu'il aurait pris les dispositions d'usage dans ce milieu en m'expédiant dans l'au-delà.

Ma maladresse avait écarté ce scénario, ce qui ne signifiait pas que la suite me serait jusqu'au bout favorable. Encore une fois, par prudence, j'aurais dû filer. Mais la vue de tant de cash avait réactivé dans mes veines le poison du fric. L'oseille, c'est une véritable drogue, tous les riches le savent. Il n'y a guère que les pauvres qui l'ignorent.

Je ne pus m'empêcher d'aller jeter un coup d'œil à l'intérieur du coffre. La mallette s'y trouvait, mais elle était posée sur une autre mallette, très semblable à la première, même si la marque était différente. Je sortis les deux.

Avec beaucoup de précaution, je les posai sur le bureau et, actionnant les fermoirs, *clic-clac*, j'ouvris la seconde. Encore du pognon, plein de pognon, sous la forme de paquets de billets de deux cents euros. Y en avait vraiment beaucoup, la mallette était pleine à craquer.

Non sans une certaine fièvre malsaine, je comptais et, vous le savez, je compte vite. Cent vingt mille euros. Fichtre ! Avec les deux mallettes et mon sac, un total de trois cent soixante-dix mille euros. Une coquette somme dont j'étais désormais le dépositaire.

Sans hésitation ni états d'âme, je saisis à pleines brassées les biftons de la mallette et les transvasai dans mon sac. Je fis de même avec l'autre mallette, celle qu'on m'avait donnée à l'hôpital. Ça rentrait tout juste et je crus bien échouer à fermer la fermeture éclair. Ne ménageant pas mes efforts, en comprimant tous ces papiers (car ce ne sont au fond que des bouts de papier), je pus zipper tant bien que mal, sans que la couture lâche ni que la glissière saute. Pourtant, après, le sac était aussi rebondi qu'un très gros ballon de rugby.

S'il vous plaît, ne faites pas les gros yeux, jugez plutôt mon comportement en toute impartialité. On est d'accord sur le fait que je souhaitais disparaître avec mon sac. OK ? Bon. Alors, dites-moi quelle aurait été la raison objective de laisser sur place le contenu des attachés-case. Pour qui ? Pour quoi ? En un certain sens, le mal était fait.

Quand on est dans la chambre d'un mort et qu'on ouvre les armoires, soulevant les draps à la recherche des lingots du vieux ou de la vieille (j'ai lu ça dans un roman), on ne fait absolument aucun mal au défunt. Il s'en contrefout, le défunt, non ? Ah, je vois que vous hésitez et que votre morale un peu trop rigide est prise à revers.

En fait, nous nous comprenons. Ce qui est condamnable, inadmissible, c'est de faire souffrir les autres, et tant qu'on ne fait de mal à personne... Et je ne faisais de mal à personne en embarquant cet argent, en tout cas pas à M. Léaumar. Ni à ce pauvre Henri, dont je n'avais pas abaissé les paupières, non pas par inhumanité mais par une incontrôlable répulsion.

J'étais donc à présent en possession d'un seul gros sac qui menaçait d'exploser. Le moment était venu de me faire la malle.

Un obstacle inattendu surgit quand je voulus quitter la pièce. L'énorme buste d'Henri, adossé contre le chambranle, ainsi que ses jambes repliées en accordéon bloquaient la sortie. Pas une mince affaire, en réalité. C'était une sacrée masse, ce type. Il aurait fallu que je le déplace. Or, n'ayant pas osé le toucher pour abaisser ses paupières, je me voyais encore moins le saisir à bras le corps.

Du talon, pourquoi pas ? Levant la patte, j'appuyai ma semelle sur son buste et poussai lentement. Dieu qu'il était lourd, le bonhomme, quelle résistance ! Il ne me facilitait pas la besogne. Finalement, par bonheur, il bascula en arrière. Certes, il était toujours en travers de la porte, mais allongé, et dès lors je pus, posant un pied (un seul) sur sa poitrine pour prendre appui, hop, d'un petit bond, passer dans le couloir.

J'allais descendre par l'escalier quand on sonna à la porte d'entrée. Je fus statufié en un millième de seconde. Comme pris dans la glace. Mon regard s'abaissa vers mon poignet. Ma montre indiquait 2 h 33 du matin.

Qui rend visite à 2 h 33 du matin, si ce n'est un associé de M. Léaumar, un membre actif de cet horrible trafic d'organes ?

Le doigt posé sur le mur à côté de la sonnette, quelqu'un attendait sur le perron qu'on vienne lui ouvrir. Le croquemort ? J'avais déjà tiré deux balles. Combien en restait-il dans le chargeur pour me défendre ? Je l'ignorais et ma méconnaissance des armes à feu ne me permettait même pas de le vérifier.

D'une manière plus longue signalant l'impatience, on sonna à nouveau.

14

Vous connaissez la théorie des trois F : *freeze*, *flight*, *fight* ? En situation de stress absolu, selon votre tempérament ou les circonstances, vous avez trois réactions possibles. La paralysie (*freeze*), la fuite (*flight*) ou le combat (*fight*).

J'apporte ici au chercheur une précision issue de ma propre expérience. Quand aucune solution ne vous vient à l'esprit, tout simplement parce qu'il n'y en a pas, on est dans le *freeze*. Car ce second coup de sonnette ne fit pas décoller mes semelles d'un quart de centimètre. Elles semblaient collées au parquet.

Ce n'était pas une question d'esprit vide lié à la panique. J'avais peur, certes, mais j'étais lucide. Trop, d'ailleurs. Derrière moi, la lumière de la pièce, celle du balcon, était restée allumée. Du jardin ou en grimpant les marches du perron, le visiteur du soir l'avait forcément remarquée. Il savait donc qu'il y avait du monde dans la maison et, par conséquent, je ne pouvais pas faire le mort, comme mes deux malheureux compères.

Me cacher ? Oui, d'accord, mais où ? Le temps n'était plus à explorer les lieux pour trouver un endroit où se dissimuler. De plus, il fallait d'ores et déjà exclure le rez-de-chaussée, car descendre l'escalier et passer devant la porte principale était déraisonnable.

Ne restait qu'une possibilité, ne pas faire de bruit (pour ça, le *freeze*, c'est bien) et espérer que Léaumar ou Henri avait fermé l'entrée à clé.

Un espoir vain qui fut balayé dans l'instant. Après un troisième coup de sonnette plus bref, marquant l'agacement, la poignée fut actionnée et la porte s'ouvrit. Deux individus franchirent le seuil et stationnèrent un court instant dans le vestibule.

Immobile sur le palier, le souffle coupé, je les voyais fort bien, leurs silhouettes tout au moins, qui cherchaient à tâtons l'interrupteur. Et puis, je les entendais discuter. Une langue étrangère qui me parut identique à celle parlée par les deux hommes ayant apporté les reins dans le local de Saint-Ouen. Mais c'en était d'autres. Sur ce point, je n'avais aucun doute, ne reconnaissant ni les allures ni les timbres des voix.

Je ne me remis en mouvement qu'au moment où le rez-de-chaussée fut soudainement éclairé. Ce fut presque un réflexe de cloporte fuyant la lumière. Sautillant sur la pointe des pieds aussi vite que possible, je butai contre le corps d'Henri et, marchant dessus à nouveau, je me retrouvai dans le bureau de Léaumar.

Convaincu que ces deux-là allaient m'occire sans laisser sa chance à la négociation, dans la panique, je saisis mon portable pour appeler les flics. J'avais déjà tapé le *1* du 17 quand je m'arrêtai net. Les flics, vraiment ? Absurde ! J'étais mouillé jusqu'au cou dans cette affaire. Deux cadavres sur les bras, tués avec mon pétard, mes empreintes partout, en particulier sur le pistolet et les biftons. À la rigueur, je pouvais nettoyer le flingue avec un linge, mais pour les billets, tintin ! Non, les flics, ils m'auraient peut-être tiré de ce mauvais pas, mais ils m'auraient aussi embarqué aussi sec. La prison direct, et pour longtemps. Très longtemps.

C'est à cet instant que je perdis du temps, comme si je pouvais me l'autoriser. Faisant défiler compulsivement le carnet d'adresses, je bloquai sur un nom – Libertad – et envoyai un SMS. Message aussi inutile qu'une bouteille à la mer, j'en conviens.

Je suis chez Léaumar dans une merde noire

C'était pas très explicite, et même obscur, mais l'urgence et l'affolement ne permettaient pas de se lancer dans un récit circonstancié du genre thèse, antithèse, synthèse.

D'autant plus que, au pied de l'escalier, ils appelèrent :

– Léoumarr !

L'absence de réponse dut les inciter à la prudence, puisqu'ils se mirent à chuchoter.

Mon téléphone m'avertit d'une réponse. Elle était brève.

Quoi ???

Forcément. Qu'espérais-je ? Soudain, sans crier gare, ils se décidèrent à monter. Fini cette amorce de bavardage avec Libertad. Dans le bureau, j'étais fait comme un rat, mais il restait une issue : le balcon.

J'ouvris la porte-fenêtre et me précipitai à la balustrade dans l'intention de l'enjamber et de sauter dans le jardin, puis de détaler comme un lapin.

Allons donc ! Il n'y a que dans les films de cape et d'épée qu'on voit des conneries pareilles. Le rebord de la rambarde dominait l'allée en gravier d'une hauteur qui devait avoisiner les quatre mètres. Eh bien, je vous assure qu'on ne saute pas. Non, parce qu'on va se casser une patte, ou pire.

Déjà je les entendais sur le palier, hésiter un moment avant de se diriger vers la pièce éclairée.

Renonçant à m'écraser sur le sol comme un gros sac de sable, j'improvisai n'importe quoi en jetant mon paquet de fric dans un coin du balcon. Je rentrai dans la pièce, refermai la porte fenêtre et me retournai au moment où, piétinant encore ce pauvre Henri tel un paillasson, ils firent irruption l'arme au poing.

Ce qui avait guidé mes actes, c'était encore une fois une tentative désespérée de sauver mon pognon. À croire que c'était devenu plus important que de me sauver moi-même. Vraiment, l'addiction au fric est sans limites.

Les deux gars qui pointaient leur pistolet dans ma direction avaient des gueules particulièrement antipathiques. Leurs faciès exprimaient les coups tordus, les trafics en tout genre, la violence et le meurtre. Et avec ça, des grosses paluches d'étrangleurs.

L'un avait dans les yeux une lueur de méchanceté plus vive que celle de son collègue et, pour cette raison, paraissait l'intello du binôme. En un mot, le chef. Du reste, c'est lui qui, sans abaisser le canon de son flingue, me lança, avec un fort accent :

— Qui toi tu es ?

Grammaticalement, on pouvait peut-être trouver à y redire, mais la question n'en était pas moins très clairement posée. C'était en tout cas une interrogation fort judicieuse ; j'étais qui, moi ?

Avant que je puisse répondre, ils aperçurent le corps de Léaumar et échangèrent un regard de surprise, qui m'étonna alors qu'ils venaient de fouler le cadavre d'Henri sans manifester la moindre émotion.

– Lui c'est toi ?

La syntaxe ne s'améliorait guère. Pourtant, le mec possédait un don pour les langues, car il parvenait à se faire comprendre avec une grande économie de moyens.

Face à mon silence, il répéta la question d'une manière plutôt véhémente en agitant le canon de son pistolet d'une manière fort déplaisante. Je plongeai aussitôt dans un océan de mensonges :

– Non, c'est pas moi. Je suis arrivé, ils étaient déjà morts. Tous les deux.

– Qui toi tu es ?

Il ne manquait pas de suite dans les idées… Je ne pouvais pas continuer à éluder la question plus longtemps.

– Un ami du croquemort, affirmai-je.

C'est un truc qui marche parfois. Quand vous êtes en butte à des contradicteurs malcommodes, s'abriter sous une aile protectrice, se planquer derrière un individu craint par tous, est une tactique assez futée. Par ricochet, le but recherché est de devenir intouchable. Attention, me faire du mal, c'est aussi faire du mal à ce redoutable personnage.

Mon interlocuteur agita ses sourcils d'une manière compulsive, signe d'une réflexion intense. L'autre demeurait impassible, mais je pense que la raison en était qu'il ne comprenait pas le français.

— Toi touches argent colis humains ? reprit le polyglotte.

Sans être certain de choisir la bonne option, j'acquiesçai d'un signe de tête. Je n'eus pas le loisir de mesurer la portée de cette assertion, car l'autre prononça deux mots en moldave (j'imaginais que c'était du moldave) en montrant la porte ouverte du coffre-fort scellé dans le mur.

L'attention se détourna aussitôt de ma petite personne. Ils s'approchèrent ensemble pour regarder à l'intérieur. Profitant de cette diversion, l'idée cocasse de sortir mon flingue et de les cribler de balles me vint à l'esprit. L'idée seulement. Je ne le fis pas.

Cette faiblesse vient de ce que je ne suis pas un tueur. Certes, j'avais deux morts sur la conscience, mais c'était la conséquence d'une maladresse, d'une bourde, d'une boulette, pas d'une intention, et encore moins de la performance d'un professionnel. Je n'étais pas encore mûr pour l'homicide volontaire.

Évidemment, ils constatèrent que le coffre était vide. Ils avaient l'air déçus, et même offusqués. Au point que le polyglotte renouvela ces accusations :

— Le fric c'est toi ?

— Non, c'est pas moi. Le coffre était ouvert et vide quand je suis arrivé.

C'était crédible. Le pognon, je ne l'avais pas. Ils se mirent à échanger dans leur langue. Le sens exact m'échappait mais à l'évidence la disparition de l'oseille les tourmentait plus que la mort de M. Léaumar, même s'ils ne semblaient pas douter que les deux étaient liées. Le conciliabule s'éternisa, car une dissension les agitait et elle semblait me concerner.

De mon côté, des éléments du puzzle s'assemblaient doucement. Le croquemort fournissait aux Moldaves des sujets humains. Du pognon (moldave) lui revenait pour cette aimable participation au commerce. Ce flouze, je l'avais dans mon sac.

Dans des laboratoires clandestins, les Moldaves disséquaient les sujets du croquemort et en rapportaient les meilleurs morceaux en Europe de l'Ouest. Ils touchaient aussi, beaucoup plus d'ailleurs (faut bien récompenser le savoir-faire), un pognon qui provenait des riches élites bénéficiaires du trafic. C'est cette oseille que les deux Moldaves étaient venus récupérer chez Léaumar. Ce flouze, je l'avais aussi dans mon sac.

Bref, j'avais volé tout le monde et foutu un sacré bordel. Si les différents partis impliqués s'en apercevaient, j'étais bon pour finir au fond de la Seine les deux pieds enchâssés dans un bloc de béton.

Or, je voyais bien que mon rôle dans cette affaire était discuté et faisait l'objet de supputations embrouillées de la part de mes deux nouvelles relations. J'eus peur que, pour se débarrasser du problème que je représentais, ils ne décident (par souci de simplicité) de me supprimer sur place avant d'aller avertir leurs supérieurs hiérarchiques de la disparition du pèze. Une option qui avait l'air sur la table, si j'en jugeais à la manière dont ils heurtaient les canons de leurs flingues comme s'ils se battaient en duel.

Le polyglotte revint à la charge :

— Quoi toi faire ici ?

Bel exemple de ce maniement syntaxique très personnel de notre langue, mais toujours d'une admirable clarté.

J'aurais pu rester sec. Mais quand on a commencé à mentir, le pli est pris, cela devient une seconde nature. On n'a pas assez souligné les vertus du mensonge, car c'est un penchant qui, indéniablement, stimule l'imagination. Les types qui mentent sont très inventifs, fourmillant d'idées frisant parfois le génie. Je n'étais pas encore au niveau des grands mythomanes, mais j'étais en progrès constant dans le cadre d'une formation accélérée qui ne tolérait pas l'imprécision.

Avec aisance, je rebondis sur l'une de ses propositions antérieures :

– M. Léaumar avait en dépôt l'argent des colis humains. J'étais venu le récupérer.

– La nuit ?

– Oui, il m'avait donné rendez-vous la nuit. Par discrétion, je suppose. Cet argent, je devais ensuite le rapporter au croquemort. Quand je suis arrivé, j'ai trouvé Léaumar mort, le coffre ouvert et mon argent avait disparu.

J'appuyai sur le « mon » de « mon argent », histoire de faire valoir qu'ils n'étaient pas les seuls baisés dans l'affaire. Et puis, là encore, un rencard la nuit, c'était plausible, puisque c'était leur cas.

Malgré tout, j'avais du mal à emporter l'adhésion. Le Moldave n'est pas plus méfiant qu'un autre, mais il n'est pas plus con non plus. L'hésitation était palpable.

Dans un premier temps, le bilingue rapporta mes propos à son acolyte. Une nouvelle controverse s'engagea, et s'éternisa. J'étais suspendu à un consensus qui se voulait démocratique.

Un truand, ça a aussi des obligations, ça connaît le stress du boulot et la pression du résultat. Il faut subir les affres de la hiérarchie, tenir son rang, accomplir le travail qu'on vous a confié, et un échec peut entraîner de très lourdes conséquences. Le licenciement est souvent définitif, avec une balle dans la tête pour solde de tout compte.

Je les comprenais très bien, ces gars-là. Ils risquaient gros. D'abord, ils ne rapportaient pas le pognon. C'était grave. Ensuite, me descendre pouvait leur être reproché. À l'inverse, me laisser partir pouvait aussi leur être reproché. Il leur fallait faire preuve d'initiative (ils n'en avaient sans doute pas l'habitude) et prendre la bonne décision.

Enfin, le verdict tomba.

Indiquant la sortie de la pointe de son flingue, l'amoureux de la langue de Molière ordonna, sans me demander mon point de vue :

– Toi viens avec nous.

15

Tel fut donc le fruit de leur palabre. Ne prendre aucun risque, ni dans un sens ni dans l'autre, et m'amener à un supérieur hiérarchique, un big boss, un parrain de la pègre, qui saurait quoi faire de ma personne. Voilà qui ne présageait rien de bon.

Je ne me suis pas hasardé à refaire le coup du sac de voyage et de la brosse à dents pour garder mon pognon près de moi. Pourquoi donc aurais-je mis ce sac sur le balcon ? C'eût été un suicide de tenter une si piètre manœuvre.

Sans rien dire, avec l'impression d'avoir tout perdu, y compris prochainement ma propre vie, je descendis les marches une à une, cherchant une échappatoire. Un pauvre petit veau conduit à l'abattoir ne doit pas manifester plus d'entrain que je n'en montrais à ce moment-là.

Dans le vestibule je me retournai, ce qui provoqua un brusque lever de pistolets dans ma direction.

J'agitai les mains devant moi pour indiquer mes intentions pacifiques. C'est qu'ils n'auraient pas hésité à tirer au moindre signe de résistance, les enfoirés !

Je jouai mon va-tout :

– Vous ne devriez pas faire ça. Le croquemort m'attend, il ne sera pas content.

Traduction de l'intello à l'attention de son compagnon. Bref échange, puis retour du boomerang :

– Il attendra.

Chapeau ! Il connaissait même le futur, le gus. Pourtant, c'est pas commode pour un étranger, la conjugaison des verbes en français. Quoi qu'il en soit de cette prouesse linguistique, évoquer le croquemort n'avait pas produit l'effet escompté. On aurait même dit qu'ils s'en foutaient. De mon côté, j'avais gaspillé une cartouche qui ne manquerait pas de m'exploser à la figure. Car si le big boss contactait le croquemort, mon imposture serait aussitôt démasquée. Et, là, ce serait vraiment la fin du voyage.

Se produisit alors l'inattendu que je pensais avoir évité. L'ignare en langue étrangère s'approcha de moi, tâta mon torse avec sa grosse paluche et, avec une vivacité surprenante, retira le flingue de mon blouson.

Voilà ce que j'avais gagné à vouloir les dissuader de m'emmener avec eux. Maintenant, ils ne me faisaient plus du tout confiance et m'avaient dérobé mon ultime assurance-vie.

J'ouvris la porte d'entrée (pour sortir...), avançai sur le perron, descendis la volée de marches, et fis quelques pas incertains sur l'allée en gravier bordée de haies vivaces, avant de m'arrêter, une main sur le bide. Une désagréable nausée me remuait l'estomac et un accès de faiblesse ramollissait mon corps, rendant mes jambes cotonneuses.

À cet instant, je n'y croyais plus. Le paravent de mes mensonges allait être soufflé comme un fétu et mes récentes turpitudes apparaître au grand jour. Les Moldaves, le croquemort, M. Kastel, et même les frères Lupion, dont je n'avais plus de nouvelles, me tortureraient atrocement jusqu'à ce que j'avoue où j'avais dissimulé le flouze. Je céderai, bien sûr, sans doute très vite (j'ai une peur épouvantable de la souffrance physique), et ensuite on me liquiderait.

Le canon d'un de mes persécuteurs (je ne sais même plus lequel) s'enfonça dans mon flanc pour me forcer à repartir. Je vomis brusquement.

Si, si, je le jure, un jet liquide jaillit de ma bouche, arrosa le blouson du Moldave, son pantalon et ses chaussures. Il sauta en arrière, mais trop tard, le mal était fait.

Il m'insulta. Vertement. Heureusement, je ne comprends pas cette langue, parce que le vocabulaire choisi pour l'occasion ne devait pas être joli-joli. Puis il prit à témoin son collègue, qui manifesta sans excès sa solidarité (chacun sa merde, c'est bien connu).

En fait, cet incident nous fit perdre du temps. Moi, j'étais misérable, à genoux, les deux mains sur le sol, le buste penché en avant, dégueulant en rafales spasmodiques, de moins en moins puissantes mais de plus en plus douloureuses. De son côté, la victime, maculée de mon écœurant remugle, pestait et s'emportait avec une inquiétante férocité, au point que je crus qu'il allait m'abattre comme une bête malade.

Sans cesser d'aboyer, il remonta en courant les marches du perron et disparut dans la maison. De toute évidence, il allait se nettoyer à la cuisine ou dans la salle de bains, m'offrant un moment de répit qui me permit d'achever en paix mon activité de chasse d'eau.

Une fois vidé, j'en restais néanmoins secoué. À quatre pattes, la tête pendante, tel un gamin jouant à saute-mouton, la gorge brûlante et les yeux suintants de larmes. L'autre attendait. Je ne dirais pas qu'il s'amusait de la situation, mais elle ne le contrariait pas plus que ça.

— La trouille, la pétoche ? dit-il en se moquant.

C'est à ce moment seulement que, relevant la tête, je compris que j'avais affaire à mon distingué linguiste. Ce genre de vocabulaire, il avait dû l'apprendre en suppliciant de pauvres gars en compagnie de malfrats français. Les frères Lupion, par exemple.

Une flopée d'images de tortionnaires sadiques, tous plus épouvantables les uns que les autres, s'imposa à mon esprit et m'anéantit. Mes nerfs lâchaient. Il n'est rien de plus pénible que d'attendre dans le couloir de la mort. Autant cracher le morceau, abandonner toute velléité de résistance, et en finir au plus vite.

– Tu veux savoir où est le pognon ? murmurai-je.

– Toi sais ?

– Oui.

Son collègue rappliqua à cet instant, interrompant mes aveux. Notre lexicologue le mit au courant en une courte phrase et tous deux me fixèrent avec bienveillance. On sentait chez eux le soulagement, la fin des emmerdes, le bout du tunnel. Ils récupéraient l'argent, m'abattaient par principe, pour ne pas laisser un témoin derrière eux, et fonçaient chez le big boss pour acter la réussite de leur mission.

J'étais toujours à terre, à moitié effondré dans la haie, le bide vidangé et l'haleine putride, affaibli mais remis à l'endroit, rasséréné en quelque sorte et, pour cette raison, affolé d'avoir craqué en me dénonçant. Aucun retour en arrière n'était possible. Triste constat, je n'avais pas eu l'envergure pour naviguer dans les eaux troubles du grand banditisme. Trop friable à la moindre tempête. En un temps record, j'allais devoir faire le deuil de ma propre existence.

Tout se passa très vite. Un premier coup de feu déchira le silence épais de la nuit. Suivi d'un second quasiment dans la foulée. Par réflexe, je me rejetai en arrière, m'encastrant encore un peu plus dans la haie.

En première approximation, ce fut tout, et je ne compris pas pourquoi les Moldaves ne bougeaient pas. Ils ne daignaient pas répliquer alors qu'on venait de les canarder. Étrange.

L'explication ne tarda guère et m'étonna par sa surprenante simplicité. Lâchant leurs flingues, ils s'effondrèrent en même temps. Au milieu de l'allée, ils constituèrent deux gros tas assez rapprochés et d'une totale inertie. Selon toute apparence, ils étaient morts.

Je fermai les yeux, attendant le troisième et dernier coup de feu. Celui qui, en toute logique, me serait destiné.

★

★ ★

Il ne vint pas. Aucune détonation intempestive ne me précipita dans le néant. À la place, j'entendis une brève cavalcade, la grille du jardin qui s'ouvrait, une course précipitée sur le trottoir, une porte qui claquait et une voiture qui démarrait, accélérant aussitôt furieusement pour s'évanouir en quelques secondes dans le lointain.

Il me fallut du temps pour m'extraire de la haie. Était-ce du houx, de l'aubépine, ou je ne sais quoi encore, mais ça piquait salement. En plus, j'essayais de faire le moins de bruit possible, précaution bien inutile puisque l'assaillant avait décampé.

Pourquoi ne m'avait-il pas flingué ? On pouvait envisager qu'il ne m'avait tout simplement pas vu. Loin de la lumière du lampadaire de la rue, le jardin était mal éclairé, et mon corps sans doute difficile à discerner dans le sombre feuillage de la haie. Par contraste, les silhouettes des deux Moldaves étaient fort bien exposées, offrant deux cibles sympathiques à un professionnel tapi dans l'ombre.

Règlement de comptes. J'avais assisté à un règlement de comptes, du genre que la télé évoque avec gourmandise en stigmatisant les quartiers nord de Marseille. Histoire classique de bandes rivales et de compétitions, de territoires et de susceptibilités, qui s'expriment au final par des débordements excessifs.

Je me suis mis à ramper sur le sol jusqu'au premier Moldave, le traducteur, lequel n'avait plus besoin d'aide. Son talent pour les langues étrangères ne lui avait été hélas d'aucun secours. L'autre ne valait guère mieux. Pire, même, car, par un trou dans sa boîte crânienne, s'écoulait un mélange de sang et de liquide céphalo-rachidien peu ragoûtant. Je fus repris de spasmes mais, par bonheur, je n'avais plus rien à vomir.

Mon réflexe fut de fuir. Sans trop savoir pourquoi ni comment, j'avais échappé à la mort. Après tant de déboires, mettre les pouces était devenu mon unique objectif. Déjà, plié en deux, je descendais l'allée vers la grille lorsque je stoppai net.

Le balcon ! Le sac ! Le fric attendait sagement son propriétaire. Que je me tire les mains vides ou bourré de pognon, quelle différence pour Léaumar, Henri ou les Moldaves… À la limite, s'ils avaient encore pu s'exprimer, il y a fort à parier, vu les circonstances, qu'ils n'auraient pas compris que je parte sans.

Seulement, il fallait faire vite. Cette maison se révélait un vrai moulin et d'autres visiteurs n'étaient pas à exclure.

Je remontai le perron comme une flèche, grimpai l'escalier quatre à quatre, ouvris la porte-fenêtre, mis un pied sur le balcon, empoignai le sac avant de refermer derrière moi.

C'était bien joli, tout ça, mais une réflexion faite une heure auparavant me revint en mémoire.

Dans cette baraque, il y avait non seulement mes empreintes mais aussi mon précieux ADN disséminé un peu partout (en veux-tu en voilà). Si la police scientifique faisait correctement son travail, elle le relèverait, je serais fiché et, à la moindre connerie de ma part, même la plus bégnine, on me mettrait le grappin dessus. Je ne pouvais pas me le permettre.

Alors, quelle solution ? Je n'en vis qu'une, plutôt radicale. Sans vouloir me dédouaner d'un acte répréhensible, personne n'était présent pour me donner des conseils avisés.

Première étape, les préparatifs. Je fermai les grands volets de la porte-fenêtre. Ainsi, on ne s'en apercevrait pas tout de suite et l'alerte serait retardée. J'aurais le temps de disparaître.

Seconde étape, chercher l'outil indispensable. Ce ne fut pas simple. Sur le bureau de Léaumar, rien. Dans la cuisine non plus (tout à l'électrique). J'ai tourné en rond un moment jusqu'à ce qu'une évidence me traverse. Un garde du corps, c'est un homme, un vrai, un dur, donc ça transporte sur soi tout le matériel essentiel.

Il me fallut vaincre cette répugnance instinctive à toucher un cadavre. Croyez-moi, je ne le fis pas de gaîté de cœur, mais par nécessité absolue. De la poche gauche de la veste d'Henri, je tirai un paquet de clopes. Je brûlais (si je puis dire). Et, bingo !

dans l'autre poche se trouvait un joli briquet en or (doré, en tout cas). Vérification faite : il marchait au poil. En passant, je lui piquai sa carte d'identité.

Troisième étape, mettre le projet à exécution. Dans le vestibule, je ramassai le courrier de Léaumar, plus un journal dont je tairai le titre pour ne pas dévoiler les opinions politique de mon hôte. Après avoir froissé tous ces papiers, j'en fis plusieurs boules disposées sous les rideaux fermés. Dans le bar du salon, je tombai sur une bouteille de cognac que je répandis un peu partout dans le bureau, y compris sur les deux macchabées.

Dernière étape, commettre l'acte irréversible. Actionnant le briquet, je mis le feu aux tas de papiers. Les flammes léchèrent le bas des rideaux qui, après une minute d'hésitation (la surprise sans doute), s'enflammèrent à leur tour. À mesure qu'il dévorait les rideaux, le brasier s'élargissait, touchait les voilages en textile synthétique qui s'embrasèrent à leur tour, le feu s'attaquant ensuite sans état d'âme à la porte-fenêtre en bois.

Un début d'incendie prometteur, dont l'intensité me fit reculer. Après un dernier regard incrédule à ce que je venais de déclencher, je pris appui sur ce pauvre Henri (un pied seulement) et, d'un bond gracieux, gagnai le palier, l'escalier et le vestibule pour me précipiter dans le jardin.

La question des Moldaves se posa. Devais-je les traîner dans la maison pour que la police n'en retrouve que des os carbonisés ? Je jugeai que, ne m'ayant pas touché, ils ne pouvaient me trahir en aucune manière.

Il me sembla utile, cependant, de récupérer mon flingue, de le nettoyer consciencieusement avec un mouchoir en papier pour éliminer mes empreintes et de le glisser dans la main du polyglotte, histoire de faire croire que les Moldaves avaient tué Léaumar et Henri (une astuce classique que j'avais vue moult fois à la télé et au cinéma).

Le temps pressait. À travers les persiennes du balcon, je voyais convulser de vives lumières jaunes et rouges, telle une succession de flashs violents et monstrueux.

Dire que derrière ces volets deux êtres humains étaient la proie des flammes. Pendant que je détalais à toutes jambes sur le trottoir en serrant contre moi le sac rempli de pognon, une épitaphe de très mauvais goût me vint à l'esprit : *Léaumar grillé, flambé au cognac.*

Que je puisse élaborer une blague culinaire aussi irrespectueuse d'une personne morte par ma faute me fit froid dans le dos.

Il est clair que je n'étais plus moi-même. Depuis mon arrivée à Paris, je tournoyais dans un maelström effrayant, mêlant trafic d'organes, malfrats armés et mallettes de fric, qui s'était soldé par quatre cadavres. Mon cerveau en avait été attaqué, rongé, gangrené, au point de me demander si, tel Dark Vador, je n'étais pas passé du côté obscur de la force.

16

Évidemment, il était trop tard (ou trop tôt) pour prendre le métro. J'ai erré un moment dans Pantin jusqu'au moment où l'épuisement fut tel, que mes jambes ne me portaient plus. C'était dormir sous un pont (je n'en voyais pas) ou à l'hôtel, l'idée s'imposant quand je vis clignoter une belle enseigne avec un grand *H*. Plutôt chicos, mais j'avais de quoi payer…

Un homme à la réception me reluqua par deux fois avant de presser le bouton pour ouvrir, et je débarquai dans un endroit feutré qui poussait à murmurer plus qu'à parler. Le gardien ne parut pas étonné que je demande une chambre alors que la nuit était sur le point de s'achever.

La routine administrative me permit d'utiliser la carte d'identité d'Henri, qui passa comme une lettre à la poste. Je ne dirais pas qu'il me ressemblait, mais le fait est que, sur la photo, son visage était mangé par une barbe assez fournie ne permettant pas de bien discerner ses traits. Or, il n'est pas interdit de se débarrasser de sa barbe (c'était son cas, de fait). Par ailleurs, nous n'avions que cinq années d'écart et, s'il était grand, il n'avait guère que quelques petits centimètres de plus que moi.

Je me traînai jusqu'à la chambre, basculai sur le lit comme un lampadaire renversé par la tempête et m'endormis aussitôt.

★

★ ★

On devait approcher de midi quand j'émergeai, un peu comme d'un rêve (ou d'un cauchemar), les événements de la veille me revenant par bribes et, au final, m'effrayant par leur extrême gravité. Était-ce bien moi qui avais vécu ces épouvantables péripéties ? Quatre morts, dont deux pour ma pomme, plus un incendie pour dissimuler mes crimes (sans oublier que j'avais expédié un mec en Moldavie pour se faire dépecer organe après organe).

Tuer par maladresse, par méconnaissance de la dangerosité des armes à feu, est-ce une circonstance atténuante ? Sans doute, on peut plaider l'homicide involontaire. Cependant, effacer ses traces pour échapper à la justice ne jouait pas en ma faveur. Jamais les flics ne me croiraient si je me livrais aujourd'hui.

La vue du sac sur le lit (à la place de l'oreiller) atténua mes scrupules. Un peu. Quand on a fait une connerie, de toute façon, on ne peut pas revenir en arrière et, en l'occurrence, je ne pouvais rien réparer. Mieux valait prendre la vie du bon côté, accepter ce qu'elle m'offrait, à savoir un gros paquet de fric. On a souvent tort de trop se mettre martel en tête.

Ragaillardi, je consultai mon portable. Deux messages nouveaux patientaient. Le premier émanait de Libertad (je l'avais oubliée, avec toutes ces péripéties nocturnes).

Ça va, David ?

T'étais bourré ou quoi hier soir avec ton SMS de ouf ?

Hector voudrait savoir si tu as donné le colis à M. Kastel et aussi où tu es et ce que tu fous en ce moment

Elle ne soupçonnait rien, Hector non plus, et c'était tant mieux. Je m'en étais sorti seul, gardant une liberté d'action totale dont je pouvais user comme je l'entendais.

Avant de lui répondre, je jetai un coup d'œil sur le second message. Glaçant celui-là, et qui me ramenait à une autre réalité.

T'as aucune chance de t'en tirer, on te retrouvera
On connaît ton nom et ton adresse à Lyon

Retour des frères Lupion dans l'arène, confirmé par une vérification du numéro. Et retour tonitruant : sans fioritures, droit au but, limpide dans la menace.

Bon Dieu, l'impasse totale ! Quelques secondes auparavant, ma stratégie (naïve) était de quitter Paris au plus vite, de retourner à Lyon et de me planquer.

Chez moi.

Un joli plan d'une simplicité biblique, fondé sur mon anonymat, mais qui se fracassait sur une information inattendue. Non seulement les frangins connaissaient mon nom, mais ils savaient aussi où j'habitais. Coupé de mes arrières, je devenais un sans-domicile fixe.

Un SDF plein de pognon, mais un SDF tout de même.

Une longue douche pour réfléchir, se rincer les idées, les éclaircir. Espoir vain. J'en ressortis ruisselant sans en avoir trouvé une seule qui tienne la route.

Décevant et angoissant.

J'eus besoin de prendre l'air. Si les Lupion juraient de me faire la peau, ils ignoraient où je me trouvais et la Terre est vaste.

Dans l'ascenseur, une évidence me traversa. Si je n'avais pas rencontré Kastel au rendez-vous de Saint-Ouen, c'est parce que celui-ci avait été liquidé par les affreux frangins. Un soubresaut parmi d'autres entre des factions rivales au sein de cette organisation internationale de trafic d'organes. Un soubresaut, mais de graves conséquences. Fatalement, Hector était compromis à un degré ou un autre dans ces carambouilles et l'élimination de Kastel, censé le protéger contre la vindicte des frérots, n'avait pas dû arranger ses affaires. Ni les miennes.

Encore une fois, avant de filer de Saint-Ouen comme un animal craintif, si j'avais pris le temps de regarder ce que contenait le colis que j'apportais à Kastel, j'y verrais plus clair. Regrets éternels.

À l'accueil, une hôtesse avait remplacé le gardien de nuit. Toute en amabilité (de routine, mais néanmoins sympathique), elle me souhaita le bonjour avec un ravissant sourire professionnel et ajouta, mimant l'inquiétude :

— Les sirènes ne vous ont pas réveillé cette nuit ?

— Quelles sirènes ? dis-je sottement.

– Les pompiers ! Il y a eu un terrible incendie cette nuit à Pantin. D'après mon collègue de nuit, plusieurs véhicules de pompiers ont emprunté le boulevard et ils faisaient un boucan d'enfer.

– Ah bon ? Un incendie ?

– Une maison aurait entièrement brûlée dans un quartier voisin. Il n'en resterait absolument rien. En plus, le propriétaire serait mort dans les flammes.

– C'est terrible…

Sur cette remarque compatissante, je sortis dans la rue, assez troublé par la réussite de mon entreprise. Si la maison avait « entièrement brûlé », au moins étais-je certain que mes empreintes et mon ADN n'y seraient pas détectés par la police scientifique.

On affirme parfois que les assassins retournent sur les lieux de leur crime, attisés par le désir malsain de constater de visu le succès de leur ignominie. Eh bien, c'est parfaitement exact. Ayant laissé mon sac dans la penderie de la chambre, je pensais prendre un café à la terrasse d'un bistrot, et pourtant, sans aucune réflexion ni prudence, je me mis en marche vers la maison incendiée.

Il me fallut un certain temps pour la retrouver. Je l'avais quittée dans des circonstances si dramatiques que j'avais conservé une mémoire assez déficiente du dédale des rues, au point que je dû demander mon chemin à plusieurs reprises. Heureusement, la plupart des riverains étaient au courant du drame et me renseignèrent avec la précision requise.

Quand j'aperçus la maison, du moins ce qu'il en restait, je fus secoué. Putain, le désastre ! À peine croyable. J'en avais gardé une vision assez précise, le petit jardin, la façade avec le balcon d'où j'avais renoncé à sauter, les chiens-assis dans le toit, les quelques marches du perron, la porte d'entrée.

Rien, ou presque, ne subsistait. Le feu avait tout dévoré avec une rage destructrice. Il restait quatre grands murs noircis, la toiture en ardoise et la charpente avaient disparu et, par les trous des anciennes fenêtres, je ne voyais que du vide, sinon quelques grandes poutres calcinées, effondrées et tombées en travers. Cette carcasse de baraque fumait encore et quelques pompiers s'évertuaient à un ultime arrosage de principe.

Des barrières de sécurité empêchaient d'approcher. Je me glissai jusqu'à elles au milieu des curieux (peu nombreux, les curieux, j'aurais dû me méfier) et, tordant le cou à droite et à gauche, je cherchai à distinguer si mes Moldaves patientaient encore dans l'allée. A priori, non. Le service de nettoyage les avait ramassés.

Pour en être certain, longeant l'enceinte, je me déplaçai pour varier les angles de vue. Le jardin avait également pris feu, si bien que le parcours exact de l'allée était devenu incertain. Trois hommes en civil y stationnaient et discutaient entre eux. Forcément, il devait s'agir de flics qui cherchaient des indices pour tirer les premières conclusions de l'enquête.

Sans pénétrer dans le périmètre de sécurité, j'essayai néanmoins de me placer à proximité des keufs pour comprendre ce qu'ils disaient. Malgré moi, je voulais savoir si ces décombres avaient fourni des indications susceptibles de me trahir.

J'avais enfin atteint un point stratégique d'où, par intermittence, je devinais des bribes de conversation et, retenant mon souffle, je tendais l'oreille pour mieux entendre lorsque (mais n'avais-je pas tenté le diable ?) je sentis trop tard une présence dans mon dos.

Deux hommes m'entouraient, m'acculant contre la barrière et m'empêchant de filer. Ils n'étaient pas bien grands, mais du genre épais, compact, avec des faciès évoquant l'un le bouledogue, l'autre le pit-bull.

– Lieutenant Legrec de la police judiciaire, annonça le bouledogue avec une politesse de façade. Vos papiers, s'il vous plaît.

Quel crétin ne faisais-je pas, à m'attarder ainsi sur place, tel l'assassin souhaitant inconsciemment se faire pincer ! Car les flics devaient aussi connaître l'adage du criminel revenant sur les lieux pour humer l'odeur de son crime. C'est peut-être même eux qui l'avaient porté à la connaissance du grand public.

Profil bas. Après tout, je n'étais coupable de rien en jouant les curieux. En revanche, la nervosité fit que je faillis me tromper de carte d'identité en donnant celle d'Henri et non la mienne. Heureusement, je me repris à temps et le bouledogue ne s'en aperçut pas.

Il la consulta d'une manière suspicieuse, la montra à son collègue, qui fit de même, puis, sans me la rendre, demanda :

— Qu'est-ce que vous faites ici ?

— Je me promenais et je suis tombé par hasard sur cette maison incendiée. Excusez-moi si...

— Vous habitez Lyon et vous vous promenez à Pantin ? coupa le pit-bull.

— Oui... fis-je, soudain hésitant.

La question était lourde de sous-entendus et de méfiance. Est-ce donc si invraisemblable qu'un Lyonnais se balade à Pantin ?

— Vous êtes en vacances à Pantin ? reprit le bouledogue.

— Non, à Paris, mais j'ai voulu voir Pantin.

— Vous avez voulu voir Pantin... répéta le pitbull, comme pour mettre en relief l'absurdité de la chose.

— Oui, j'aime bien les banlieues.

— Vous aimez bien les banlieues...

— Voilà, j'ai toujours bien aimé les banlieues.

— Et qu'est-ce qui vous plaît dans les banlieues ? questionna le bouledogue.

Tirs croisés. J'eus l'impression que l'étau se resserrait autour de moi.

— C'est un peu la province, mais tout près de Paris.

— En fait, vous n'aimez pas Paris, affirma le pit-bull.

— Pas trop…

— Mais vous y passez des vacances.

— C'est plus pratique de se loger dans la capitale pour visiter les banlieues alentour…

— Vous avez pris un hôtel à Paris ?

— Non, à Pantin, mais juste pour cette nuit.

— Juste pour cette nuit ?

— Je ne compte pas m'attarder longtemps à Pantin.

— Sans doute parce que vous avez l'intention de visiter d'autres banlieues. C'est cela ?

— Tout à fait.

Sans parvenir à redresser le cours de l'interrogatoire, je m'enfonçais dans une succession d'affirmations plus ou moins plausibles, plus ou moins crédibles, plus ou moins ridicules, plus ou moins louches.

Ils en tirèrent la conséquence logique en prenant une décision rédhibitoire révélant que le suspect (moi-même) avait mal répondu à cette première salve de questions.

— Nous allons vous demander de nous suivre, monsieur Livingstone.

— Mais pourquoi, qu'ai-je fait de mal ? tentai-je de protester.

— Peut-être rien, mais votre présence ici paraît plutôt étrange et nécessite quelques éclaircissements.

17

Pendant le court trajet qui menait au commissariat, j'ai bien songé à prendre mes jambes à mon cou pour leur échapper. J'avais de grandes pattes en comparaison des leurs. Cependant, outre qu'ils avaient conservé ma carte d'identité, le fait qu'ils soient petits n'était pas l'assurance qu'ils couraient lentement.

On les sentait biberonnés à la testostérone, soulevant quotidiennement de la fonte en ingurgitant des « prots » pour culturistes, s'entraînant à toutes sortes d'art martiaux et effectuant frénétiquement des tours de piste sur un stade d'athlétisme, donc au top d'une forme olympique qui, en un sprint foudroyant, aurait annihilé ma tentative de fuite.

En chemin, le bouledogue passa un coup de fil. Il s'agissait d'évoquer mon sort. Une autorité supérieure était avertie de mon interpellation et conviée à les rejoindre sur le lieu de ma détention temporaire. Le mot « détention » peut paraître exagéré, mais c'est ainsi que je ressentais les choses. On entravait ma liberté de circulation dans un déni évident de démocratie, puisque je n'avais fait que jouer les curieux devant un incendie (éteint, de surcroît). A priori, ces flics ne savaient rien d'autre et outrepassaient leurs droits et prérogatives.

Au commissariat, le pit-bull me fouilla succinctement (je ne portais pas d'arme) puis il me fit poireauter, assis dans un bureau. Était-ce une tactique pour me rendre nerveux et affaiblir mes résistances ? « Pour attendrir la viande », selon l'expression classique utilisée par les enquêteurs de la police ?

J'eus tout le loisir de zieuter l'environnement. Des barreaux aux fenêtres (pour l'imbécile qui aurait eu l'intention de sauter dans le vide). La porte derrière moi, ouverte, avec un keuf en uniforme y stationnant par hasard, l'air de rien, essayant de ne pas donner l'impression qu'il me surveillait du coin de l'œil.

Ridicule.

Au-delà, l'agitation était palpable. On vibronnait en tous sens. À certaines réflexions prononcées assez fort et que je captais à la volée, je compris que le commissariat avait été temporairement réquisitionné par la PJ pour les nécessités de l'affaire. Comme on le sait, les premières heures sont cruciales pour orienter les recherches dans la bonne direction et hâter la résolution de l'énigme. Pour un enquêteur, être sur place est primordial.

Le bouledogue entra à plusieurs reprises, me regardant sinon méchamment en tout cas de manière fort peu conviviale. Il ressortait tel un professionnel débordé par des tâches plus urgentes que de s'occuper du pauvre type qui attendait sur sa chaise.

★

★ ★

Enfin vint le chef. C'était l'un des trois hommes que j'avais espionnés dans l'allée. Plus grand, plus fin, plus racé que le bouledogue ou le pit-bull. Le cerveau. Mais sportif quand même, genre dobermann, si vous visualisez la comparaison.

Il s'assit directement derrière le bureau, face à moi. Il se composa d'abord un masque affairé, compulsant quelques documents épars posés devant lui (ma carte d'identité faisait partie du lot), puis il releva la tête et me fusilla du regard. Je me ratatinai sur mon siège, m'apprêtant à recevoir les coups.

— Bien, bien, bien… commença-t-il en se frottant les mains l'une contre l'autre. Vous vous appelez David Livingstone et vous habitez à Lyon. Nous vérifions l'information.

– Pas de souci. Vous pouvez vérifier, crus-je bon de rétorquer.

– Vous affirmez passer des vacances à Paris ou à Pantin.

À cette attaque sournoise, je préférai ne pas répondre. Il me relança :

– À Paris ou à Pantin ?

– À Paris, mais je suis venu visiter Pantin.

– Drôle d'idée.

– Pas du tout. J'ai déjà dit à vos collègues que…

– Oui, je sais, vous aimez bien les banlieues, coupa-t-il, agacé.

Qui pouvait me contester le droit d'aimer les banlieues autour de la capitale ? Cette ligne de défense, aussi étrange qu'elle puisse paraître, était à mon sens inattaquable. Je décidai de m'y tenir.

– Comment expliquez-vous votre attitude sur les lieux de l'incendie ?

– Quelle attitude ?

– Vous n'avez cessé de vous déplacer le long des barrières, déployant des efforts désespérés pour mieux voir, en particulier dans le jardin, et vous vous êtes finalement rapproché au maximum de ma personne et de mes collègues pour essayer de comprendre ce que nous disions.

Sans que je m'en aperçoive, le bouledogue et le pit-bull chargés d'observer les passants avaient parfaitement repéré et analysé mon manège. Bravo ! Au final, de très bons chiens de garde, ces deux-là.

Je me lançai dans l'improvisation, au hasard, attrapant un fil qui traversa mon esprit, et tirant dessus :

— C'est ma nature, affirmai-je.

— Quoi, votre nature ?

— Depuis tout petit, je suis d'une nature curieuse, fureteuse, attentive aux détails. J'aime tout savoir, être certain que rien ne m'échappe, analyser les anomalies, les trucs étranges. Et j'en ai découvert, des choses insolites ou inavouables ! Si vous saviez tout ce qu'on nous dissimule. Cette tendance quasi maladive a toujours agacé ma famille, mes amis ou mon entourage, qui me trouvent trop fouineur, voire fouille-merde. En fait, j'aurais dû être officier de police judiciaire. Là était ma vraie place. Enquêter, dénicher les indices, débusquer les coupables, quel métier passionnant vous faites !

Il me considéra d'un air bizarre et demeura silencieux quelques instants. Sans doute cherchait-il un angle d'attaque adéquat pour contourner les idioties que j'avais débitées en épaisses rondelles…

— Monsieur Livingstone, je crois que vous en savez plus que vous ne le dites.

— Moi ?

— Vous n'étiez pas là par hasard.

Oh, la belle perche qu'il me tendait sans le savoir ! Je m'en emparai sans vergogne :

– C'est vrai, pas tout à fait par hasard, je l'avoue. C'est la réceptionniste de l'hôtel qui m'a prévenu de l'incendie. Cette nuit, j'avais été réveillé par les pompiers qui sont passés sur le boulevard toutes sirènes hurlantes, faisant un boucan d'enfer. Elle m'a prévenu aussi que c'était un drame affreux, parce que le propriétaire était mort dans les flammes.

– Nous vérifierons, monsieur Livingstone, nous vérifierons. Mais je persiste à penser que votre comportement sur les lieux révèle que vous saviez déjà ce que les journaux annonceront dès demain.

– Qu'annonceront-ils donc, hormis qu'une maison a été entièrement détruite par le feu ?

Il balança l'info en scrutant ma réaction avec une attention décuplée :

– Dans l'allée du jardin, il y avait deux types armés tués par balles. Une seule balle chacun, un travail de pro.

Préparé, j'eus le bon réflexe. Un sursaut de tout le corps, le buste basculé vers le bureau, les yeux en roues de tracteur, la mâchoire décrochée, et les avant-bras relevés comme les pattes avant d'un kangourou.

– Nom de Dieu ! m'écriai-je.

Et tant qu'à tartiner du mensonge à la cuiller à soupe, j'enchaînai :

— Je me doutais bien qu'il y avait quelque chose de louche.

— Pourquoi ? reprit-il au bond.

— Ben… votre présence. Des hommes avec le brassard de la PJ autour du bras. On ne fait pas appel à la PJ pour un simple incendie. Je me trompe ?

— C'est moi qui pose les questions.

— Excusez-moi.

En fait, il avait beau revendiquer le droit de diriger l'interrogatoire, je voyais bien qu'il avait perdu le fil de l'entretien. Parce que des questions, il n'en trouvait plus. Les sourcils froncés, l'air embrouillé, il avait échoué à me déstabiliser et à me faire avouer quoi que ce soit.

Il fut sauvé de sa perplexité par le bouledogue qui entra et lui donna plusieurs feuilles de papier. Reprenant son air sérieux et supérieur, il lut la première et, surpris par ce qu'il lisait, il s'écria à l'adresse de son subordonné :

— Donc c'est bien M. Léaumar, et tué par balle lui aussi. Faites analyser le pistolet que le Moldave tenait dans les mains, on saura vite à quoi s'en tenir.

Franchement, j'étais admiratif. Ces mecs de la police scientifique, ils accomplissent des miracles. Ils avaient déjà identifié le cadavre de Léaumar et découvert qu'il avait été dézingué par une arme à feu avant de brûler. Impressionnant ! Et maintenant, mon dobermann demandait l'expertise du flingue que j'avais fourré entre les pattes du Moldave. Ce pétard ne mènerait pas jusqu'à moi, puisque c'était celui d'Alex, parti en voyage dans un pays exotique aux confins de l'Europe.

Une « vraie fausse piste ».

Le bouledogue ressortait que le doberman épluchait déjà les autres feuillets. Lecture attentive, studieuse, qui devait activer ses méninges, comme le révélait une légère oscillation du sillon vertical barrant son front entre les deux sourcils.

Achevant ce travail, il eut quelques claquements de langue (agacement, déception, je ne saurais trancher) et me dévisagea à nouveau. Puis, semblant se désintéresser de ma personne, il saisit son portable et composa un numéro.

Mon téléphone sonna dans ma poche. J'eus le réflexe de m'en emparer, mais il me fit signe de n'en rien faire.

— Simple vérification de routine, dit-il en guise d'explication.

Je me remis en position d'attente.

— Quelle est votre adresse, à Lyon ?

Je la lui donnai et il hocha la tête, satisfait par ma réponse.

— Je vois que vous êtes au chômage depuis six mois. Que faisiez-vous avant ?

Comme s'il l'ignorait...

— J'étais chef comptable dans une grande entreprise. J'enregistrais les données financières et commerciales afin d'établir les comptes d'exploitation.

J'ajoutai :

— Je suppose que le nom de la boîte est indiqué sur ma fiche.

Il me fusilla du regard. Un flic, c'est très susceptible. Je vous en informe (en passant) au cas où vous auriez un jour affaire à eux.

— Pourquoi vous a-t-on licencié ?

— Officiellement, pour faute grave.

— Malversation, c'est cela ?

Étant aussi innocent qu'un oisillon tombé du nid, j'eus une bouffée de rage, car j'en avais gros sur la patate.

— Quand on veut noyer son chien, on l'accuse de la rage, lâchai-je en me contenant avec difficulté.

— C'est-à-dire ?

Il insistait, le salaud ! Une tactique dégueu pour me faire sortir de mes gonds.

— On m'a demandé de falsifier des bilans sous la menace de me virer. Je l'ai fait, et on m'a licencié ensuite en m'accusant d'être l'auteur du tripatouillage, dis-je plus calmement, en respirant à pleins poumons pour faire baisser la tension.

– C'est vous qui le dites.

– Oui, c'est moi, ripostai-je du tac au tac.

– Mais au lieu de chercher du travail vous prenez des vacances à Pantin ?

De quoi j'me mêle, enfoiré ?

– J'ai envoyé des CV un peu partout, j'attends des réponses.

Il eut un petit sourire en coin des plus désagréables, marquant un temps de silence significatif avant de reprendre l'interrogatoire :

– Avez-vous des connaissances à Paris ?

– Des connaissances ?

– Des amis, si vous préférez.

Question piège.

La grosse connerie : mettre Hector dans la boucle. De fait, j'avais gagné en maturité et en self-control depuis deux jours.

– Non, personne.

– Personne, personne, vraiment ?

Aïe, ça se corsait. Il avait l'air d'en savoir long et j'en étais troublé. Vaille que vaille, je décidai de tenir la ligne :

– Non, personne.

– Hector Marcoulin, ce nom ne vous dit rien ?

Coup de massue sur la tête. J'en restais muet. On lui avait mitonné une fiche vraiment très détaillée, qui semblait remonter jusqu'à mes premières couches-culottes.

— Hector Mar-cou-lin, répéta-il en détachant chaque syllabe.

— Ah oui, c'est vrai, vous avez raison, j'ai connu un Hector Marcoulin. On était ensemble à l'école. Mais je ne l'ai pas vu depuis des années. Au moins dix ans. Il habite à Paris ?

— Que savez-vous de lui ?

— Rien de spécial. Je viens de vous le dire, on s'est perdus de vue après le lycée.

— Et que faisait-il la dernière fois que vous l'avez rencontré ?

— Du théâtre, je crois.

— Du théâtre… Et sur ses activités récentes ?

— Il ne fait plus de théâtre ?

Mes contre-questions paraissaient l'irriter au plus haut point. Serrant les dents, il replongea le nez dans ses feuilles de papier.

L'irruption d'Hector dans l'interrogatoire confirmait les confidences de Libertad, à savoir que celui-ci était en délicatesse avec la police. Son degré d'implication dans le trafic d'organes, je l'ignorais, mais il était bien dans le collimateur des flics et toute personne le fréquentant les intéressait.

Ma présence sur les lieux de l'incendie mis en regard de cette ancienne relation sonnait comme une trop grosse coïncidence, forcément suspecte.

Les flics ne croient pas au hasard et voient des coupables partout, c'est bien connu.

Il attaqua soudain, pied au plancher :

– Vous êtes déjà allé en Moldavie ?

Vu la précision de sa fiche, il savait que non. Qu'espérait-il ? Que je me trouble ? Intérieurement, je ne cache pas que j'étais remué comme une proie qui sent le carnassier aux alentours. Mais je tins le coup en me parant des habits de l'innocence, en me répétant comme un mantra qu'Hector était un très vieux copain que je n'avais pas vu depuis des années et que je ne connaissais rien de ses activités illicites.

Jouer au con est aussi une bonne tactique :

– Je ne sais pas même pas où c'est, la Moldavie. En Asie ?

Excédé, il se leva et sortit, laissant la porte ouverte derrière lui. Il disparut de mon champ de vision, puis réapparut dans le couloir en compagnie d'un des hommes avec qui je l'avais vu dans le jardin de Léaumar.

L'oreille tendue à me décoller le pavillon, je chopais des bribes : « … filière Moldave… rien contre lui… procureur… flingue… Marcoulin… Touriste, mon cul !… Et alors ?… Je prends sur moi… »

Même si ces fragments ne constituaient pas un ensemble très cohérent, j'entrevis une faille, celle de l'arbitraire, une brèche à l'intérieur de laquelle je pourrais sans doute me faufiler.

Le dobermann revint, seul, et se rassit face à moi. Il allait reprendre la parole lorsque je le coupai sans ménagement :

— J'aimerais savoir ce qu'on me reproche.

— Plus tard, fit-il en balayant le bureau d'un revers de main.

— Non, pas plus tard. J'ai des droits et j'aimerais qu'ils soient respectés.

— Allons, allons, ne montez pas sur vos grands chevaux. C'est un interrogatoire classique dans le cadre d'une affaire criminelle, monsieur Livingstone. Laissez-moi faire mon travail et tout se passera bien.

— Non, parce que je crois que vous outrepassez vos prérogatives.

Il se fâcha tout rouge et pointa l'index dans ma direction.

— Attention à ce que vous dites ! Vous n'êtes pas loin de l'outrage à un agent dépositaire de l'autorité publique !

— J'ai répondu avec la plus grande patience à toutes vos questions. Vous n'avez plus rien ni à vérifier ni à me demander.

Et sans lui permettre de protester, je balançai ce que j'avais préparé :

— Suis-je en garde à vue ?

– Mais non, enfin, vous n'êtes pas en garde à vue !

– Bon, alors mettez-moi en garde à vue !

– Quoi !? Je n'ai aucune raison de vous mettre en garde à vue.

– En cherchant bien, vous trouverez bien un prétexte. « Touriste, mon cul ! », par exemple. Cela devrait faire le taf.

Là, je lui avais vraiment coupé la chique. Ses yeux roulaient dans les orbites comme si un courant électrique parcourait le nerf optique. Il tentait de parler, mais sa pensée était aussi plate que l'électro-encéphalogramme d'une personne en coma profond.

– Puisque je ne suis pas en garde à vue et ayant répondu de mon mieux à vos légitimes investigations, je pars, déclarai-je avec solennité et force tranquille.

Sur ce, je me levai et, saisissant avec vivacité ma carte d'identité traînant sur le bureau, je quittai la pièce. Il n'eut pas même une réaction.

18

Il ne me rattrapa qu'au moment où je franchissais la porte du commissariat.

— Monsieur Livingstone ! cria-t-il.

Je me retournai en laissant échapper un soupir de lassitude (limite exaspération) et attendis qu'il parvienne à mon niveau.

— Monsieur Livingstone ! Vous avez tort de le prendre ainsi. Je n'ai aucun moyen de vous retenir pour achever votre interrogatoire, mais votre manque de coopération est un très mauvais signal. Un coupable ne se comporterait pas d'une manière différente.

— Un innocent non plus.

— Pour la dernière fois, veuillez me suivre dans le bureau, s'il vous plaît.

— Non. J'ai assez perdu de temps comme ça.

Un bloc, un roc compact, inaltérable, exhibant tous les stigmates du têtu, du buté, de l'idiot sûr de son bon droit, voilà comment je me montrais. N'ayant guère de raisons objectives de me mettre en garde à vue, il fut contraint de battre en retraite :

– C'est stupide de votre part… Je vous convoquerai à nouveau officiellement et vous serez obligé de vous déplacer, tenta-t-il néanmoins.

– Je viendrai, dans le cadre d'une démarche officielle pour les besoins de votre enquête. Au revoir, monsieur.

Poli jusqu'au bout, rien à se reprocher, et je tournai casaque, descendis les quelques marches du commissariat et m'engageai sur le trottoir. Puis, sans presser le pas, je m'éloignai sur le boulevard, les mains dans les poches, m'efforçant même de siffloter.

Il n'essaya pas de me rattraper. J'avais vaincu la maréchaussée. Une nouvelle victoire, qui me gonfla de confiance.

★

★ ★

Pourtant, je n'allais pas tarder à déchanter.

Dès que j'eus tourné au coin de la rue, je fonçai à l'hôtel récupérer mon sac de fric, payer mon écot à la réception et filer loin de la flicaille.

Cependant, je n'en restais pas moins coincé niveau stratégie, mon retour à Lyon étant interdit par les Lupion, qui menaçaient de m'y faire la peau. Il fallait bien se résoudre à chercher de l'aide pour trouver une solution de repli. En l'occurrence, je ne vis que Libertad capable de me sortir de ce mauvais pas.

Je lui expédiai un SMS de détresse :

Libertad, je ne suis pas bourré et rien ne va plus. Où peut-on se voir discrètement à Paris ?

On vit de certitudes et d'illusions, c'est bien connu. Rien de ce que nous croyons tangible n'est certain, tout est fantasmagorie, mais on s'y accroche, à l'image d'une patelle à son rocher. Et ce message, lancé telle une bouteille à la mer, produisit un effet bienheureux sur mon humeur. J'allais ragaillardi en direction de la station de métro la plus proche.

Au bout d'un moment, pourtant, j'eus la pénible sensation d'être suivi. Paranoïa ? Pour m'en assurer, je fis deux arrêts lèche-vitrine et, négligemment, par deux fois, jetai un coup d'œil derrière moi.

Je le reconnus sans difficulté. Un type d'une maigreur à faire peur, sans doute anorexique, avec des membres fins comme des allumettes, un très long nez pointu et des cheveux filasse sur le sommet du crâne. Ce mec au corps et à la tête de lévrier sortait tout droit du commissariat (je l'y avais croisé), missionné à la va-vite par le dobermann pour découvrir où je me rendais et ce que j'allais faire.

Ennuyeux. Très ennuyeux. Surtout quand on trimballe avec soi un gros sac bourré de biftons.

On ne se débarrasse pas si aisément d'une meute de flics quand celle-ci vous a repéré. Elle vous colle aux basques comme le sparadrap du capitaine Haddock.

En premier lieu, un impératif absolu : éviter que ce fin limier comprenne que je l'avais repéré. Donc, marcher serein, du pas calme de l'innocent, sans tenter d'accélérer ou de le semer. Ensuite, ne prendre aucune décision inopportune avant de recevoir une réponse de Libertad.

Ainsi, j'arrivai à la bouche de métro et m'y engouffrai au petit trot, en toute décontraction, sans renoncer à mon intention initiale de regagner Paris. Il fit de même, me surveillant à distance et tel un touriste lambda, les mains sur les hanches, s'attarda même devant le vaste plan des lignes.

Quand la rame, dans un boucan frénétique, freina et s'arrêta, je montai dans un wagon et m'assis à une place stratégique afin de pouvoir l'observer. Il bondit avec agilité dans le même wagon et resta debout, se tenant à un poteau vertical et me tournant le dos ostensiblement. Il jouait sa partition telle qu'on la lui avait apprise à l'école de police. Ni plus ni moins.

Ce professionnalisme de bon aloi tombait bien, qui me permit de consulter mon portable en toute quiétude quand Libertad me répondit :

RV bistrot Lafayette station Stalingrad dans une heure

Astucieux de me donner rencard dans un des rares endroits que je connaissais. Je n'étais pas pour autant tiré d'affaire. D'une part j'avais le lévrier à mes trousses, dont je devais me débarrasser au plus vite, d'autre part il fallait souhaiter que les Lupion ne pistaient pas Libertad. Ce qui faisait deux écueils à éviter : que les flics ajoutent Libertad à leur liste de suspects ou que les Lupion me mettent le grappin dessus.

Mon regard erra au hasard à la recherche d'une solution pour me libérer du lévrier. De l'autre côté du couloir, assis à ma hauteur, se trouvait un homme avec un chapeau, les mains croisées sur son ventre, les yeux mi-clos, semblant somnoler. Je m'attardai un instant sans raison sur ce banal passager comme s'il détenait la clé de mon problème.

En fait, j'étais vide d'idées, ce qui paralysait mon initiative. Cas classique du sentiment d'impuissance : plus je cherchais, moins je trouvais.

L'angoisse.

Les stations s'égrenaient (Hoche, Porte de Pantin, Ourcq, Laumière…), inexorables, imperturbables, insensibles à mes tourments, la rame lancée à pleine vitesse sur les rails de son immuable trajectoire.

Quand le métro entra en gare de Stalingrad, je me levai presque par réflexe, sans savoir encore ce que j'allais faire exactement, la seule certitude étant que je ne pouvais me rendre au rendez-vous de Libertad. À ce stade, tout était possible, que je me mette soudain à courir dans les rues pour semer le flic m'apparaissant le plus simple. Mais peut-être pas le plus malin (un lévrier court vite…).

Je sentis que l'homme au chapeau m'emboîtait le pas. Piétinant avec les quelques personnes qui descendaient aussi du wagon, il me colla dans le dos d'une manière désagréable. Une fois sur le quai, je crus que j'allais pouvoir respirer mais, curieusement, alors que le flot de voyageurs s'éparpillaient sur la largeur, il s'arrima à moi, adhérant étroitement à mon corps, manche contre manche, épaule contre épaule.

J'eus beau faire un pas de côté, il fit de même, au point que je me tournai vers lui pour protester et lui intimer l'ordre de cesser ce manège insupportable. Son regard me cloua sur place et je ne pus prononcer une seule parole.

À l'inverse, d'une voix gutturale, il m'adressa une claire mise en garde :

– Fais pas le mariole ou j'te descends.

Ce type, que je n'avais vu ni d'Ève ni d'Adam, m'annonçait sans préavis que ma survie immédiate dépendait de mon attitude conciliante à son égard. Montrant que j'étais capable d'une grande souplesse d'esprit et d'une robuste capacité d'adaptation, je me tus et remontai les marches en silence pour déboucher à l'air libre sur le trottoir.

Alors, il me saisit le bras et le serra si fort que j'osai un murmure de désapprobation. Il n'en eut cure et continua à me tenir ainsi fermement, me forçant à traverser la rue. Ma main libre se crispait sur mon sac de billets. Nous marchâmes en silence le long du trottoir jusqu'à la devanture d'un café. Il me poussa littéralement à l'intérieur en affirmant :

— Nous sommes deux bons amis. On s'assoit ensemble et tu tentes rien parce que je te raterai pas.

Y a pas à dire, il possédait les formules conférant un vrai pouvoir de persuasion. Par ailleurs, malgré un français impeccable, les mots étaient subtilement déformés par un léger accent et l'intonation globale rendait une mélodie différente du rythme habituel. Même s'il devait vivre en France depuis longtemps, c'était un étranger et, très certainement, vu le contexte, un Moldave. Ceux-là non plus ne me lâchaient plus. À mon corps défendant, j'étais devenu très populaire.

La salle n'était pas bondée, loin de là, mais quelques tables étaient occupées. Il me dirigea près de la baie vitrée qui permettait d'observer la rue.

Mon horizon s'obscurcissait encore un peu plus, et je tirai un siège sans morfler pour me laisser tomber dessus tandis qu'il s'installait face à moi. Je calai mon sac par terre contre les barreaux de la chaise et regardai mon interlocuteur.

L'individu n'avait pas l'air commode. Le visage tailladé (des coups de couteau ?), la peau parsemée de cratères (une varicelle mal soignée ?), le faciès inquiétant d'un repris de justice, il avait l'allure de ces crapules chargées des pires besognes, genre homme de sac et de corde sortant tout droit du Moyen Âge.

– Tu espionnais quoi devant la maison incendiée ? commença-t-il avec cette voix caverneuse à faire peur aux hyènes de la savane.

Nous y étions, et toute mon inexpérience était mise en relief. Lui aussi, ce matin, il y était pour comprendre ce qui s'était passé. Mais ni le bouledogue ni le pit-bull ne l'avaient repéré. Il avait été discret, sachant jouer à la perfection la comédie du curieux insignifiant. Tandis que je captais l'attention des flics, il avait assisté à mes imprudences d'imbécile, puis à mon arrestation.

Il avait dû attendre tranquillement non loin du commissariat au cas où on me relâcherait. Ensuite, il m'avait suivi sans que je m'en aperçoive. Et il venait de m'alpaguer pour connaître mon rôle dans cette affaire où une maison avait été incendiée, Léaumar et son *bodyguard* carbonisés, et où (surtout) deux de ses acolytes moldaves avaient péri.

J'essayai de lui servir la même salade qu'aux flics :

— Je me promenais et je suis tombé par hasard sur cette ruine fumante qui a attiré mon attention et...

— Me prends pas pour un con !

C'était pas le même style que les poulets. Moins littéraire, mais plus percutant. J'hésitais à poursuivre sur le même ton dégagé, lorsque le serveur s'approcha.

— Pour ces messieurs, ce sera ?

— Un blanc, dit le Moldave sans le regarder.

— J'ai du sauvignon, du cabernet, ou bien...

— Un blanc, c'est pas clair ? Tu veux un dictionnaire ? coupa le Moldave avec brutalité tout en continuant à me fixer.

Le serveur fut si surpris qu'il resta muet un moment avant de se tourner vers moi :

— Et monsieur ?

— Un blanc aussi ! assena le Moldave.

Sans demander son reste, le serveur se retira.

— Bon, j'vais reposer ma question, reprit le Moldave. Une fois seulement, parce que j'suis pressé et qu'j'ai pas qu'ça à faire. Tu piges, le p'tit malin ?

⋆

⋆ ⋆

Je reçus au même instant un coup au cœur. La porte s'était ouverte et le lévrier venait d'entrer. Il alla au comptoir avec flegme et détachement, s'installa sur un tabouret, nous tournant le dos, et commanda un lait-fraise au serveur qui préparait nos deux verres de blanc.

J'eus aussitôt le pressentiment que cette réunion amicale allait très mal finir. Le mélange me parut si détonant, entre le lévrier, le Moldave et ma petite personne, que je ne doutai pas de l'imminence de l'explosion. D'autant plus que le lévrier tenait un scoop à communiquer à ses supérieurs : j'avais été abordé d'une manière cavalière, voire contraignante, par un individu louche qui m'avait traîné dans un café.

D'ailleurs, je le vis saisir son portable et tapoter longuement dessus avant d'expédier le message. Nul doute qu'il venait d'avertir le dobermann de la situation.

Le Moldave me secoua.

– Oh, l'andouille, tu rêves ? J'vais t'réveiller, moi ! Dernier appel à conciliation avant massacre à la tronçonneuse ! Tu espionnais quoi, qui, et pourquoi, ce matin ?

— Personne, je vous le jure, affirmai-je.

Malgré cet ultime mensonge, je n'y croyais plus moi-même et, tel un mauvais acteur, le ton n'y était pas. Il soupira d'une exaspération de tueur impatient, et passa au stade suivant :

— Bon, donne-moi ton sac que j'vise c'qu'y a d'dans !

— Mon sac !? m'écriai-je, affolé. Il n'y a rien dans mon sac ! Une brosse à dents et quelques affaires de toilette, c'est tout !

Il sourit d'une manière ironique (ou sarcastique), qui me déplut profondément.

— Très bien. Eh bien, ouvre ton sac et montre-moi ta brosse à dents, se permit-il d'ajouter, amplifiant mon effroi.

Comme je me refusais à obtempérer, il se pencha sur le côté, tendit le bras et attrapa une poignée du sac. Je saisis l'autre poignée et l'empêchai de ramener le sac vers lui.

Nous étions en train de tirer chacun de notre côté, quand le lévrier choisit ce moment pour se lever et venir à notre table. Il montra sa carte et s'adressa au Moldave :

— Police ! Vos papiers, s'il vous plaît.

La grosse connerie.

19

Je ne sus jamais si le lévrier avait pris une initiative personnelle (pour se faire mousser auprès de ses chefs et prendre du galon ?) ou si ses supérieurs lui avaient demandé d'interpeller le nouveau suspect en réponse à son message. Quoi qu'il en soit, cette intervention révélait une incompétence crasse et une évaluation catastrophique de la situation de la part de l'un ou des autres. Clairement, il eût fallu attendre l'arrivée sur place du bouledogue et du pit-bull pour intercepter le nouveau suspect.

À l'injonction du lévrier, le Moldave lâcha aussitôt la poignée et, tel un joueur de tir à la corde laissé en plan par son adversaire, mon buste partit brusquement en arrière, butant contre le dossier de la chaise, qui bascula. Avec fracas, je tombai à la renverse, ma nuque heurtant le sol avec violence.

Bien qu'étourdi et allongé de tout mon long, je vis le Moldave glisser calmement la main dans son blouson comme s'il cherchait ses papiers. Tout en douceur et en sérénité, il sortit un flingue de grande dimension et, sans sommation ni émotion, fit feu sur le lévrier.

Vous me croirez ou non, qu'importe !, je sais que je dis la vérité. J'ai perçu distinctement la balle sortir du canon (si, si !) et entamer sa trajectoire foudroyante vers le lévrier. Celui-ci dut avoir un réflexe et un mouvement incontrôlés quand son cerveau diagnostiqua l'objet qui lui était présenté à la place de la carte d'identité attendue. Ce décalage fit que la balle percuta son épaule et non son cœur (une chance).

Ne croyez pas pour autant que ce fut bénin ou sans conséquence pour notre lévrier. Telle une toupie, son corps pivota de cent quatre-vingts degrés sous l'impact et il fut projeté sur le carrelage comme une poupée de son.

C'est là que je l'ai trouvé admirable. On peut critiquer notre police, et souvent à juste titre, mais elle a parfois les bons automatismes alors que la situation paraît désespérée. Touché mais pas coulé, le lévrier. Étalé dans une position improbable et malgré la douleur, il parvint à tirer son pistolet de l'étui et à faire feu à son tour. Et le mieux, c'est qu'il fit mouche. Le Moldave poussa un cri perçant et disparut de mon champ de vision.

Sur ce, des hurlements suraigus de filles, mêlés à des cris plus basse fréquence de mecs, déchirèrent l'espace, donnant le signal pour un mouvement de foule généralisé. Les clients terrifiés renversèrent tables et chaises et se ruèrent vers la sortie, dans un chacun pour soi consternant (à désespérer de l'humanité), se bousculant et se percutant en passant la porte vitrée et, au-delà, emportés par leur élan, culbutant et tombant les uns sur les autres sur le trottoir dans une ahurissante confusion.

Le silence se fit et j'essayais de comprendre ce qui se passait. En gémissant, le lévrier avait rampé sur un coude et s'était caché à l'angle du bar. Le Moldave (blessé seulement, le bougre) avait roulé sur lui-même jusqu'à un vieux juke-box des années cinquante, hors d'usage et servant de déco vintage, pour se dissimuler derrière. Le serveur avait disparu, mais je suppose que, terrorisé, il s'était simplement agenouillé derrière son comptoir et priait Dieu (ou ses complices) de lui venir en aide.

Sur le dos, serrant contre ma poitrine le sac de billets comme un enfant qu'on tente de sauver d'un bombardement, je progressai et atteignis un recoin non loin de la sortie.

Le Moldave tira deux fois en direction de l'endroit où le lévrier s'était replié. Ce dernier répliqua aussitôt. Avec les tables renversées et les balles sifflant dans la salle au-dessus de nos têtes, on se serait cru dans un saloon américain du temps de la conquête de l'Ouest.

L'avantage de la situation (pour ma pomme exclusivement) fut que les deux protagonistes armés avaient fort à faire pour se neutraliser en tirant à intervalles réguliers pour tenir l'autre à distance. Cette situation fort conflictuelle me permit de me rapprocher encore plus de la sortie, par étapes successives et sans prendre de risques inutiles, jusqu'au moment où, profitant d'un moment favorable et prenant mon élan, je pourrais tenter de fuir. Encore fallait-il que ce moment favorable se présente.

Comme souvent, ce que l'on espère n'est pas ce qui se produit et ce qui survient n'est pas ce que l'on a prévu. J'attendais une accalmie pendant laquelle les deux cow-boys, dégoulinants de sueur et de pétoche, rencognés dans leurs abris respectifs, rechargeraient de concert leur pétoire en maudissant et insultant l'ennemi honni. Ce moment ne vint pas.

À l'inverse, le bouledogue et le pit-bull surgirent tout à coup par une porte qui, derrière le bar, donnait sans doute sur une réserve ou une arrière-salle. Ils firent une entrée fracassante, canardant à tout va par-dessus le comptoir en direction du juke-box. À la suite de ce tir nourri censé couvrir leur intervention, ils rejoignirent le lévrier à l'angle du bar.

C'est de cette agitation inattendue et désordonnée que je profitai. Courbé en deux, je bondis vers la sortie, la franchissant comme un bolide.

Sitôt dehors, je m'empaffai dans un homme qui se trouvait embusqué là, accroupi, un flingue à la main, et nous roulâmes ensemble sur le trottoir. Mon sac avait fort heureusement amorti le choc. Je reconnus le dobermann, qui me repoussa avec violence et m'intima l'ordre de rejoindre une voiture de police garée à l'emporte-pièce sur la chaussée.

Sans doute était-il trop inquiet pour ses hommes se battant à l'intérieur du café pour me prêter plus ample attention ? Je fis semblant d'obtempérer, me dirigeant d'abord vers le véhicule au gyrophare allumé, avant de prendre la tangente et de courir soudain à perdre haleine pour m'éclipser au plus vite du théâtre des opérations.

⋆

⋆ ⋆

Je pris à droite dès la première intersection, détalant comme un lapin en multipliant les changements de rue, avec la seule obsession de mettre le plus de distance possible entre moi et ce café maudit où je doutais que le Moldave puisse sauver sa peau.

Pour autant, je ne perdais pas de vue un autre objectif, tout aussi crucial, celui de rejoindre

Libertad à notre rendez-vous. Au début, il me fut difficile de concilier ces deux exigences et, tout en me carapatant comme un malade mental, j'éprouvais des difficultés à me repérer dans le quartier.

La chance me sourit. Un carrefour alluma dans mon cerveau un souvenir d'itinéraire qui m'orienta dans la bonne direction. Sans hésiter, je fonçai de trottoir en trottoir et, quelques embranchements plus loin, j'aperçus la terrasse du bistrot Lafayette où (mon cœur fit un bond de marsupilami dans ma poitrine) Libertad elle-même, irréelle et rêvée, si étrangère à mes tourments et à mes désagréments, était calmement assise dans la sérénité tranquille de sa beauté singulière.

Slalomant entre les tables, je parvins jusqu'à elle, essoufflé, échevelé, avec des yeux d'azimuté, et l'accostai sans crier gare en tombant sur la table les deux bras en avant :

– Libertad ! Il faut filer d'ici, vite !

Ses immenses pupilles charbonneuses se fixèrent sur moi avec étonnement.

– Mais, enfin, David, pourquoi ?

Craquant sous la tension accumulée, je pris un ton suppliant où sourdaient la panique et la peur :

– Si tu ne viens pas, nous sommes perdus ! Ils sont à mes trousses !

– Qui ? Les frères Lupion ?

– Non ! Si, aussi, les Lupion, mais pas eux !

— « Si, aussi, les Lupion, mais pas eux » ???

— En sécurité, je t'expliquerai tout ! Lève-toi, par pitié !

Troublée par mon attitude et mon affolement, elle obéit mais, raide et gauche, restait indécise à côté de sa chaise. Je lui saisis le poignet et la tirai à moi avant de l'entraîner de force sur la chaussée, lui hurlant presque à l'oreille :

— Une planque ! Est-ce que tu connais une planque ?

— Une planque ? Non, je connais pas de planque.

— Chez toi, ils ne nous trouveront pas ! Il faut aller chez toi ! On peut aller chez toi ?

— Si tu veux.

À cet instant, je crois bien que, usant de cette prudence instinctive que l'on manifeste envers une personne qui délire sévère, elle avait pour seul souci de ne pas me contrarier. De fait, j'avais tout de l'aliéné évadé de l'asile.

— Je te suis ! ordonnai-je.

Dès lors, elle prit la direction des opérations, marchant à grandes enjambées, me donnant ainsi l'impression réconfortante d'avoir saisi l'imminence du danger. En un couple de minutes (comme disent les British), nous atteignîmes la station Stalingrad.

À ma grande surprise, elle fut la plus prompte. Se retournant brusquement vers moi, elle me poussa sous une porte cochère.

– Y a des flics, murmura-t-elle.

Osant un coup d'œil, je vérifiai l'exactitude de l'info. Un car de police stationnait à proximité et trois keufs en uniforme filtraient les passants en haut des marches de la bouche de métro.

Mauvais hasard, coup du sort, deux flics remontaient aussi la rue pour rejoindre leurs collègues et allaient nécessairement passer à côté de nous. En ce qui me concerne, j'étais paralysé, incapable de réagir, attendant que se produise l'inexorable, le moment où ils nous verraient, dissimulés (mal, d'ailleurs) et donc forcément plus que suspects.

Stupéfaction ! Libertad fit preuve d'une initiative inattendue et merveilleuse. Parfois, il se passe dans la vie des trucs improbables. Certes, depuis mon arrivée à Paris, ils avaient été légion, me direz-vous. C'est exact, mais tous du genre flippants et effrayants. Cette fois-ci, j'en aurais redemandé.

Libertad se colla contre moi, renversa la tête en arrière et, m'attirant de sa main droite glissée derrière ma nuque, elle força ma bouche à se poser sur la sienne. Elle ne fit pas semblant. Sa langue ouvrit mes lèvres et elle se lança dans un long baiser sensuel, me serrant fort, très fort, les yeux fermés, telle une amoureuse passionnée.

Les deux flics passèrent, et je ne m'en suis même pas aperçu. Moi, Libertad, je l'aimais depuis le premier contact, hypnotisé par son charme insolite et son magnétisme irrésistible. Ce baiser, ce fut une explosion de plaisir et de désir. Une petite revanche aussi contre le bel Hector, le tombeur, le baratineur, le flambard. J'embrassais sa femme et elle jouait le jeu avec une application remarquable. J'y croyais.

Elle se dégagea avec une infinie douceur, comme pour s'excuser d'interrompre ma félicité, et sourit en posant son index sur mes lèvres.

— C'est fini et ça n'est jamais arrivé, dit-elle.

Je dodelinai de la tête, l'air peu convaincu. Elle insista :

— Si, si, David. C'est fini et ça n'est jamais arrivé. Compris ?

Au cours de l'existence, il faut se contenter de ce qu'on obtient et ne pas chercher à tout prix à en avoir plus, au risque de tout perdre. Et, de Libertad, je ne voulais pas perdre au moins sa sympathie, son amitié ou son affection, que sais-je ?, enfin, toutes ces choses qui font qu'on continue à fréquenter quelqu'un auquel on tient.

— J'ai compris, Hector n'en saura jamais rien, répondis-je, plein de bonnes intentions.

— Merci, David, je te fais confiance. Allons à la station suivante. Ils ne peuvent pas surveiller toutes les stations de métro de Paris.

— Non, ils ne peuvent pas.

20

De fait, les flics ne surveillaient pas toutes les bouches de métro de Paris. Après une marche sportive, continuellement sur le qui-vive et prêts à détaler au moindre képi, nous pénétrâmes dans la station suivante et, moins d'une demi-heure plus tard, nous refermions derrière nous la porte rassurante de son appartement.

Hors d'atteinte. Au moins pour l'instant.

Après avoir réussi à me convaincre de lâcher mon sac (je m'y accrochais comme le naufragé au mât de son bateau), elle me fit asseoir sur le divan, presque précautionneusement, tel un vieillard dont on aurait exigé un effort au-dessus de ses forces. Ensuite, jugeant que j'avais besoin d'un remontant, elle me servit un whiskey. Une sacrée dose qui m'étonna, un verre à bière plein (pour dire la vérité) qu'elle me fourra entre les mains.

— Tiens, ça va te faire du bien, affirma-t-elle, à l'image d'un médecin sûr de son remède.

Puis, dans un bijou de petit fauteuil en cuir, elle s'installa face à moi et me regarda d'une étrange manière.

— David, Hector se pose beaucoup de questions à ton sujet.

Le monde à l'envers, alors que je m'en posais tant sur lui. Je tombais des nues, en toute candeur et sincérité, et mon visage dut refléter mon incompréhension et ma stupéfaction. Le constatant, elle reprit aussitôt :

— Enfin, David, mets-toi à sa place ! Il te confie un colis à donner à M. Kastel et il n'entend ensuite plus parler de toi !... Disparu, volatilisé, vaporisé !

— J'ai eu des ennuis.

— On s'en doute ! Mais au lieu de nous faire signe, tu m'envoies un SMS incompréhensible où tu parles de homard dans la mer Noire !

— De homard dans la mer noire ??

— Ou un truc du genre, je ne sais plus, qu'importe ! Kastel est injoignable, nous nageons dans le brouillard, incapables de savoir ce qui t'es arrivé ni si tu as bien donné le colis. C'est dingue ! Hector se fait un sang d'encre et tu joues l'Arlésienne.

— Je n'ai pas son numéro.

— Ah bon !? Il te l'a pas communiqué ?

— Non, je n'ai que le tien.

Elle se tut, prenant conscience qu'ignorant le numéro d'Hector, loin d'avoir cessé d'émettre, bien à l'inverse, je lui avais envoyé deux messages, à elle, à elle seule, l'un cette nuit, l'autre aujourd'hui, et à chaque fois sous la forme d'un appel au secours. Elle cessa ses reproches pour en venir à l'évidence : seule comptait ma situation, et non les états d'âme d'Hector.

— Qu'est-ce qui s'est passé, David ? Raconte !

Enfin ! Enfin, je pouvais narrer mon histoire à une personne de confiance et (peut-être) espérer comprendre les ressorts de l'affaire. Je fus précis, méticuleux dans mon compte rendu, déroulant les faits les uns après les autres, sans précipitation, prolixe de détails insignifiants au risque de lasser mon auditrice qui, pourtant, à aucun moment, ne montra de signe d'impatience.

Elle réagit à plusieurs reprises. Ainsi, quand je relatai la manière dont Alex (elle m'assura n'avoir jamais entendu parler de ce type) écrasa le colis en trois coups de talon rageurs, elle s'exclama, horrifiée :

— Merde, il a détruit le colis !

Preuve que ce colis contenait quelque chose d'important et que sa perte n'était pas anodine.

De même, quand je mimai l'exploit qui me permit de mettre Alex hors d'état de nuire, elle demeura ébahie et (j'en eus l'impression) admirative :

— Putain, David, tu lui as explosé les couilles !?

Elle eut aussi de grands moments de scepticisme. Surtout quand j'expliquai que les Moldaves m'avaient remis deux glacières contenant des reins encore palpitants.

– Des reins dans des glacières !? Tu déconnes ! Tu te fous de moi ?

Il me fallut user de persuasion et insister sur ma sincérité pour quelle admette la réalité. Son incrédulité, alors même que, à la marge, elle participait à l'histoire, est à l'origine de ma très longue hésitation avant que je me décide à raconter cette aventure.

Je demeure convaincu que nombreux seront les lecteurs qui me prendront pour un mythomane de première. Un pauvre type prêt à raconter n'importe quoi pour faire le buzz. D'où ma mise en garde musclée au début de cet ouvrage (dont chacun se souvient). Mon seul souhait à ce stade est que ne soient restées à me lire que des personnes loyales, sans préjugés, indulgentes et compréhensives, dotées d'empathie et d'humanité.

D'autant plus que je n'ai pas terminé mon récit et que la suite dépasse l'entendement (le mien, en tout cas). Pour cette raison, j'insiste encore une fois, une dernière fois, une toute dernière fois, je n'ai rien, absolument rien inventé.

Parfois aussi, autre réaction, Libertad resta muette d'horreur face à la férocité des événements, en particulier quand il me fallut avouer la mort improbable de Léaumar et de son garde du corps, ou l'assassinat brutal des deux Moldaves.

À ce sujet, un point sembla la tracasser particulièrement :

— Le pistolet d'Alex, tu l'as toujours ?

Et elle parut soulagée d'apprendre que je l'avais laissé dans la main d'un des Moldaves pour une mise en scène macabre qui la révulsa mais qu'elle approuva.

Mon interpellation par les forces de l'ordre l'alarma, surtout quand je lui révélai l'intérêt que les flics portaient à Hector.

— Ça me rend folle de penser que les keufs imaginent qu'il puisse participer à cet ignoble trafic d'organes ! pesta-t-elle.

Quand j'achevai, elle avait (je crois) bien compris le cauchemar que j'avais vécu la nuit précédente et le pétrin dans lequel j'étais irrémédiablement embourbé.

— Et ce sac contient vraiment tout ce pognon ? fit-elle, exprimant un doute ultime.

Je me levai, le rapportai et l'ouvris devant elle. N'osant toucher les billets, elle les fixait, fascinée.

— Mince, tant de flouze dans un si petit sac, c'est dément… murmura-t-elle.

★

★ ★

Nous fîmes le point. Elle, surtout.

Elle affirma d'abord que son bonhomme d'Hector avait certes quelques démêlés avec la justice, mais que les faits délictuels en question étaient mineurs au regard de ce que mes pérégrinations nocturnes avaient soulevé. Jamais Hector n'aurait pu tremper dans de telles ignominies.

Malgré mon insistance, elle refusa d'en dire plus sur les bisbilles de son mari avec les flics, jugeant que c'était à lui et non à elle de me les dévoiler.

Par ailleurs, elle se creusait les méninges pour comprendre comment porter un simple colis à M. Kastel avait pu déclencher tant de catastrophes, toutes plus inattendues et improbables les unes que les autres. Notamment, le fait que je n'avais pas rencontré Kastel à Saint-Ouen, mais ce dénommé Alex, homme de main au cerveau reptilien, la travailla jusqu'à ce qu'elle en découvre une explication.

Ce fut un peu comme quand quelqu'un sort soudain de son chapeau une idée ou une hypothèse à laquelle personne n'a jamais pensé, mais qui apparaît aussitôt évidente à tous.

– Tu t'es gouré d'adresse ! s'exclama-t-elle soudain.

– Tu crois ?

– C'est évident ! Kastel, tu n'as pas pu le voir, car tu t'es trompé de numéro, ou alors t'étais au bon numéro mais dans une rue voisine. Il faisait nuit, ça arrive ! Au mauvais endroit, tu es tombé sur ce trafiquant, et ensuite tu as été pris dans un tourbillon infernal.

Pourquoi pas ? Même si cette théorie m'embarrassait (il est toujours difficile d'avouer s'être sottement trompé d'adresse), elle véhiculait ce petit quelque chose de plausible et de rassurant qui explique tout à peu de frais.

Pour Hector, les conséquences de cette boulette étaient déplorables. Déjà dans le collimateur de la police pour des faits accessoires, il était désormais soupçonné de crimes graves. Contre mon gré, j'avais été le vecteur de ces nouvelles accusations auxquelles il allait devoir faire face à la suite de ma mortelle randonnée.

Honte à moi, à ma distraction ou à mon étourderie.

Se sentir coupable n'arrangeait rien. Elle me le fit remarquer. Nous devions garder la tête froide et agir en conséquence. Elle semblait mieux armée que moi pour cela.

Cependant, s'extraire des périls qui désormais nous guettaient n'était pas chose aisée, elle en convenait volontiers. De nouveau, elle réfléchissait pour deux, car j'avais terminé le verre de whiskey, et la fatigue me submergeait.

Pire, ma vue se brouillait et je voyais une Libertad floue arpenter la pièce de long en large, parler fort, mais je ne retenais rien, et parfois, tournant vers moi son adorable petit nez recourbé en bec d'aigle, me poser une question à laquelle je ne répondais pas.

Flottant dans une atmosphère gazeuse et immatérielle, hagard, je compris néanmoins qu'elle prenait la décision de mettre Hector au courant de toutes mes mésaventures dans l'espoir d'élaborer avec lui une stratégie gagnante contre l'adversité.

En un mot, sacré programme, échapper tout à la fois aux Moldaves, aux Lupion et aux flics. C'était louable.

Je dus manquer une partie de sa démonstration, car elle me réveilla vers 9 heures du soir alors que je dormais encore sur le divan pour tout me répéter et m'assurer qu'elle avait téléphoné devant moi à Hector et organisé au plus vite un rendez-vous.

Il ne fallait pas perdre de temps et elle exigea que je me lève illico et prenne une douche (j'en avais besoin, insista-t-elle) afin de décaniller sans tarder.

21

Libertad aurait préféré que je laisse le sac de biftons dans son appartement. Elle arguait que le risque était grand que ce sac nous accuse si les flics nous harponnaient.

Elle avait parfaitement raison, mais je ne pus m'y résoudre. C'est très dur d'abandonner un bien que vous vous êtes approprié de manière indélicate. Par un curieux mécanisme psychologique que les médecins devraient étudier, ce bien devient encore plus important que si vous en étiez le propriétaire légal. Si vous ne me croyez pas, faites le test suivant : volez quelque chose dans un magasin et analysez ensuite l'étroite relation mentale que vous nouez avec cet objet. Vous verrez, ça ne rate jamais.

En fait, j'en emportais deux, de sacs, un dans chaque main, car Libertad avait au contraire insisté pour que je n'abandonne pas mon bagage chez elle.

J'y ai vu le signe qu'elle ne souhaitait pas que je prenne son logement pour un hôtel.

Ce n'est qu'une fois assuré de le garder (je parle du sac de fric, me sentant moins attaché à celui contenant ma brosse à dent) et en route dans les rues de la capitale que je posai la question essentielle :

– Où Hector nous a-t-il donné rendez-vous ?

– Chez lui.

En fait de prudence, on fait mieux. Dire qu'elle me tourmentait avec mon sac...

– Et si les flics surveillent son logement ?

– Ils ne le surveillent pas.

– Pourquoi ?

– Parce qu'il n'est plus censé y habiter depuis quatre ans.

– Ah bon ?

– Non, l'appartement a été vendu par le propriétaire et racheté par quelqu'un qui autorise Hector à l'occuper à titre gracieux. Officiellement, Hector loue un appartement à l'autre bout de Paris.

Qu'est-ce que c'était encore que cette magouille ?

De mes lectures de romans noirs me revenait des termes comme « prête-nom », « homme de paille », « couverture » ou encore « blanchiment d'argent », mais je ne la questionnai pas plus, sachant qu'elle m'aurait répondu que seul Hector me mettrait au parfum. S'il en était encore besoin, cette situation insolite confirmait que mon ancien pote menait une existence peuplée de trafics louches, de combines suspectes et de carambouilles inavouables.

Dans le métro, malgré l'enjeu de notre déplacement, je m'agaçais des regards lourds et concupiscents de tous ces crétins de mecs qui se fixaient sur Libertad avec insistance. Le manque de discrétion de ces balourds m'insupportait, même si (j'avoue) la pensée que ces cons me prenaient sans doute pour le compagnon de l'objet de leur grossier appétit ne me déplaisait pas (on a les menus plaisirs qu'on peut).

Quand nous attaquâmes l'escalier de l'immeuble d'Hector, avec ses belles marches cirées, j'eus le pressentiment étrange que ma vie allait basculer. Qu'elle ne pourrait plus jamais reprendre son train-train habituel en retournant sur ses rails sécurisés. Quelque chose allait fatalement se produire, qui allait tout faire exploser.

Face à l'appartement, Libertad sortit une clé de sa poche et déverrouilla comme quelqu'un qui rentre chez elle.

— On ne sonne pas ? demandai-je.

— Non, j'ai la clé, répondit-elle.

Certes, je le voyais bien, ce n'était pas le sens de ma question. À mon humble avis, posséder la clé n'empêchait pas de sonner. Simple politesse. Bon, il est vrai qu'elle était mariée avec Hector et que cette coutume ancienne implique intimité et familiarité.

Bref, nous entrâmes sans nous faire annoncer et elle tourna (deux tours) le verrou de la porte d'entrée, ce que je pouvais interpréter comme la marque d'une sage précaution.

J'avais un vague souvenir de la configuration des lieux et je reconnus l'entrée, où je laissai mon bagage, gardant mon sac de fric. Le vestibule donnait sur le salon, dont la porte était ouverte, et nous y allâmes comme vers une destination naturelle (on ne stagne pas dans un vestibule) et là, telle une déflagration atomique dans ma boîte crânienne, se produisit la première fission de mes certitudes.

Hormis un fauteuil et un divan en plus, les tentures, la déco, les tapis, l'odeur d'encens, les motifs orientaux, tout était encore en place, rien n'avait changé, comme deux jours auparavant. J'en avais le souffle coupé. À l'image d'un stupéfiant déchirement du continuum spatio-temporel, c'était la pièce du médium.

C'est d'ailleurs ce que, scotché par la surprise, je m'écriai :

– Mais c'est la pièce du médium !?

Dans le même temps, d'instinct, je me tournai vers Libertad pour la prendre à témoin. Sa réaction m'anéantit. Elle souleva les bras et les laissa retomber le long de son corps, montrant le peu de cas qu'elle faisait de ma stupéfaction, et rétorqua sur un ton agacé, comme on parle à un idiot qui ne pige jamais rien à rien :

– Oui, c'est la pièce du médium !

– Mais, enfin, Libertad, qu'est-ce que ça veut dire ?

– Devine !

Un verbe lancé agressivement comme un défi à mon intelligence ! Assez vexant, ce comportement à mon égard. Pressé ainsi, soucieux de ne pas paraître plus couillon que la moyenne, je ne fus pas long à émettre la seule hypothèse rationnelle :

– Hector, c'est le médium ??

Ses grands yeux charbonneux me fixaient et je n'y décelai rien de tangible, rien de palpable, que de l'insondable, de l'opaque indéchiffrable. Une sorte de puits sans fond. Pour la première fois, j'eus l'impression d'être floué par cette jeune femme que, par un emballement émotionnel incontrôlable, j'aimais secrètement.

Un lent frisson d'inquiétude parcourut mes épaules, suivi d'un second plus bref, plus violent, quand une voix retentit dans mon dos :

– Le médium serait Hector ? Mouais, mouais, mouais, intéressantes, les étincelles de ce cerveau rudimentaire…

Je me retournai tout d'une pièce et reçus un nouveau coup sur la cafetière. Sur le seuil du salon, le voisin de palier, toujours aussi crasseux, avec son gilet informe dégoulinant sur ses hanches, sa barbe hirsute et ses mèches dégueu collées sur le front, me considérait comme un entomologiste observe un insecte rare.

D'où sortait-il ? Par où s'était-il introduit, puisque la porte d'entrée que j'apercevais derrière lui au fond du vestibule était fermée à clé ?

Il y eut un silence du genre épais, trouble, quasi boueux, pendant lequel mon regard allait alternativement du voisin à Libertad et de Libertad au voisin.

Là encore, et c'est terrible de l'avouer, elle ne paraissait ni étonnée, ni inquiète, ni concernée. On aurait dit qu'elle se foutait royalement de cette apparition incongrue, car elle alla se vautrer sur le divan, se renversant en arrière, croisant les bras et zieutant le plafond. Une indifférence totale à mon émoi. Dur.

N'importe qui aurait craqué et les plus faibles d'esprit se seraient même défénestrés de désespoir, j'en suis sûr. J'optai pour l'option la moins brutale, celle qui préserve l'avenir, et craquai :

– Libertad, c'est quoi ce bordel ?? Explique-moi ! hurlai-je.

Elle me jeta un coup d'œil par en dessous et, de l'index, pointa le voisin. Celui-ci avait un sourire goguenard aux lèvres.

— Alors, le voisin, c'est qui ? C'est qui, c'est qui ? questionna-t-il sur un ton insupportable.

Comme je restai muet, il ajouta, sardonique :

— Même pas un petit éclair à la Rantanplan, le brave chien de Lucky Luke ?

Pour être franc, je n'osais pas exprimer ce qui venait de me traverser la tête.

Alors, dans un geste théâtral, il saisit sa barbe entre ses doigts et la retira d'un coup sec. Dans la foulée, il fit de même avec sa perruque et la jeta dans ma direction, tel un grand seigneur jetant son chapeau à plume à un domestique.

— Qu'est-ce que tu penses de ça, le rouquin ?

— Hector !?

— Eh oui, Hector en personne, le roi de l'embrouille. Je constate que ça t'en colmate une fissure.

— J'y comprends rien…

— Je m'en doute, vu ton niveau, mais on va t'expliquer. Pas vrai, Libertad ?

Je l'avais presque oubliée, la traîtresse. Il est vrai qu'elle avait l'air d'attendre je ne sais quoi sur le divan. Détachée et désinvolte. Pourtant, elle prit la parole et s'adressa à son mari :

— Ne le torture pas trop, s'il te plaît. Il n'est pas méchant.

— Ooooh, Libertad, rabat-joie ! Ce n'est pas parce qu'il est con qu'il faut se laisser attendrir.

En un certain sens, elle avait pris ma défense. C'était gentil, mais la manière était blessante. Quant à Hector, j'avais l'impression d'un monstre qui me méprisait comme jamais je ne l'avais été de toute mon existence.

– Assieds-toi dans ce fauteuil, ordonna-t-il.

Je m'exécutai en m'accrochant à mon sac, épouvanté à l'idée qu'il allait me le réclamer. De fait, s'emparer de mon fric paraissait l'étape suivante.

Il me prenait pour un con, c'est certain. Ce n'était peut-être pas faux, mais je ne l'étais pas autant qu'il le pensait.

22

Installé dans le fauteuil, tenant à deux mains le sac sur mes genoux, j'attendais la suite, prêt si nécessaire à défendre mon bien par la force. Il prit place aux côtés de Libertad, que je n'osais même plus regarder tant sa duplicité me répugnait.

Il me considéra avec arrogance.

— Toi, le rouquin, on peut dire que tu es fortiche pour foutre la merde !

Une entrée en matière fort désagréable après ce que j'avais vécu. Vraiment, il exagérait grave, alors que c'était pour lui rendre service que je m'étais rendu à Saint-Ouen. En un quart de seconde, je fus remonté comme un coucou.

— Et toi, Hector ? T'es le voisin, t'es le médium ? T'es qui, au juste ?

— Bon d'accord, commençons pas cela. Je suis tout à la fois Hector, le voisin et le médium.

Il se tourna vers Libertad.

– Tu lui as dit, au sujet de l'appartement que mon ancien propriétaire a vendu et du nouveau propriétaire qui m'autorise à l'occuper ?

– Oui, fit-elle en soupirant.

– Bon, alors, précision. Mon ancien proprio possédait les deux appartements de l'étage et il les a vendus en même temps.

– Les deux au même acheteur, c'est ça ?

– Exactement, et j'occupe les deux. Le mur de séparation a été percé et je peux aller et venir de l'un à l'autre. C'est très pratique. Un seul appart', deux entrées/sorties. Quand tu as sonné, par le judas, je t'ai reconnu tout de suite. Un rouquin dégingandé avec un nez de travers, ça ne s'oublie pas.

– Merci pour ce sympathique portrait...

– Le temps que tu piétines et hésites sur le seuil de l'appart', j'ai enfilé la tenue du « voisin » et je suis apparu à la seconde porte.

– Mais pourquoi tu as fait ça ?

– L'improvisation magistrale, le coup de génie ! Avoue que j'épatais tout le lycée avec mes déguisements et mes transformations.

C'était vrai ! Hector aurait pu devenir un grand comédien. Il en avait le talent. Un acteur de composition étonnant, capable de jouer aussi bien l'ouvrier du port que le grand bourgeois du XVIe arrondissement.

— Je t'ai totalement mystifié et, en plus, je t'ai chouré dix euros.

— C'était mesquin.

Il éclata de rire, fier de lui.

— Et je t'ai inventé un rendez-vous avec Libertad ! Ah ah, quelle poilade !

— Tu l'as prévenue après ?

— Tu vois, quand tu veux, t'es pas si bêta ! Par contre, t'as été vraiment chiant, mais vraiment chiant, quand tu as voulu voir le médium ! Quelle idée ! Il a fallu que je me déguise en gourou oriental. Comme si j'avais que ça à faire, amuser la galerie ! Et aussi que Libertad t'amène ici les yeux bandés. Que de complications pour une lubie d'abruti ! Il t'a plus, au moins, le mage ésotérique ?

Humilié.

J'étais humilié, ridiculisé, roulé dans la boue, il crachait sur mon ego, bavait sur mon amour-propre. J'avais chaud, je transpirais, c'était affreux.

Je tentai de lui faire honte en brandissant mon sens de l'amitié et de la fraternité. Ce fut pire.

— C'est abject de te moquer de moi alors que j'ai accepté de te tirer des griffes des frères Lupion.

— Qu'il est con, mais qu'il est con ! jubila-t-il en claquant les mains l'une contre l'autre, paume contre paume, une seule fois mais en produisant une belle sonorité. Les féroces frangins n'existent pas, c'est moi qui les ai inventés !

Les frères Lupion, de la fiction, eux aussi… Défaillant par manque d'air, je suffoquai sous la déflagration.

Et j'eus tort de continuer, aggravant mon cas :

– Mais Libertad les a aperçus et a fui lors de notre première rencontre.

– À part moi, bien déguisé, y avait personne dans ton dos, gros niais ! On avait convenu de ce stratagème avec Libertad pour te mettre en condition. Ensuite, je t'ai suivi, j'ai soudoyé un gamin qui passait et, dès que tu as fait la connerie d'appeler, j'ai donné vie aux frères Lupion en t'envoyant un SMS de menace.

– Ce numéro ?

– Le prépayé dont je me sers pour mes petits tripatouillages.

Anéanti, mon regard errait le long des tentures orientales, exotiques témoins de la mise en scène dont j'avais été victime.

– Mais pourquoi… pourquoi tout ça ?

– Les affaires, mon pauvre rouquin, les affaires.

– Quoi, les affaires ?

– Le premier SMS des Lupion, j'y suis allé trop fort. Il t'a foutu une telle trouille que Libertad a dû te rattraper in extremis à la gare de Lyon juste avant que tu nous files entre les doigts. Mais, pour accepter de m'aider, tu devais vraiment croire que j'avais des ennuis.

— Tu n'as pas d'ennuis !?

— Maintenant, si, je pourrais en avoir, des graves, et par ta faute !

Toujours indifférente, Libertad, les doigts repliés, inspectait ses ongles et du pouce, d'un geste routinier, en frottait les extrémités. Je haïssais tout en elle, ses fourberies, sa perfidie, ses trahisons... Sa beauté, aussi.

— Merde, c'est quoi ton business, à la fin, Hector ! m'écriai-je pour me sortir cette salope de la tête.

— C'est assez spécial et pas facile à expliquer. Mais lucratif, raison pour laquelle je m'y adonne. Vois-tu, David, dans la vie, en dépit des rêves de l'enfance et des nobles ambitions de l'adolescence, l'homme adulte fait face à des choix malaisés qui mettent à mal...

— Ferme-la, par pitié, ferme-la ! Arrête ton baratin et accouche, j'en ai ras-le-cul de ce cauchemar !

Piqué par cette engueulade, Hector se renfrogna et allongea ses jambes droit devant lui, enfonçant son dos dans le divan et les mains dans les poches flasques du vieux futal de son déguisement. Mais, résultat appréciable, il se décida enfin à parler :

— David, tu n'es pas sans savoir que l'argent n'empêche pas la maladie.

— ??

– Oui, à l'instar des pauvres, on peine à le croire, les riches peuvent aussi être atteints de graves affections pathologiques. Mais l'argent, cependant, et ce n'est pas le moindre de ses avantages, leur permet d'être mieux et plus vite soignés que les miséreux. Dans certains cas, il donne même la possibilité de remplacer des pièces défectueuses du moteur qu'il est très long d'obtenir par la voie normale.

– Des pièces défectueuses du moteur ??

– Je parle de parties du corps qu'il faut remplacer parce qu'elles vont claquer.

Il faut avouer qu'il avait l'art d'aborder la question avec des termes choisis. Ce langage de garagiste m'avait égaré, alors que j'avais approché de près le trafic évoqué.

– Néanmoins, poursuivit-il, l'argent ne fait pas tout, car la matière première est dure à dénicher et à extraire.

– Sans blague !

– Ne te moque pas, David, c'est un sujet qu'il m'est pénible d'aborder. Dans les pays du tiers-monde, par un dévouement admirable, des hommes, des femmes, des enfants aussi, vendent pour une bouchée de pain les meilleurs morceaux d'eux-mêmes. On les leur prélève dans des laboratoires clandestins d'une modernité qui t'étonnerait. Cette main-d'œuvre est inépuisable et par nécessité, en raison d'une très forte demande, des fournisseurs sont contraints d'enlever des enfants, des mendiants, des immigrés. Ainsi, ce n'est qu'un exemple parmi d'autres, le Mexique peut satisfaire une riche clientèle américaine. L'offre est variée : des reins, des foies, des cœurs, des yeux, des cornées, du sang… Que sais-je ? Tout ce qui peut être prélevé. Personnellement, je regrette ces mutilations, mais c'est la loi du marché et de la libre concurrence.

Ce cynisme odieux me donnait envie de vomir. Malgré moi, je jetai un coup d'œil sur Libertad, mais son désintérêt était manifeste et ce que racontait son mari ne paraissait guère la choquer. Elle et moi, nous n'étions pas issus de la même humanité, nos valeurs morales divergeaient tant, seule une hallucination avait pu me faire aimer ce joli cristal de roche.

Mains ouvertes, Hector réunit ses doigts et les tapota les uns contre les autres.

— Parce que mon talent d'acteur n'a pas été reconnu, parce que ce monde n'est que piston, favoritisme et népotisme, je me suis modestement inséré dans ce commerce…

— Quelle horreur !

— Qui es-tu pour juger ? rétorqua-t-il en me toisant avec hauteur.

Voilà que l'ignoble se prenait pour le Christ !

— Balance tout ! C'est quoi, ton rôle, dans cette barbarie ? lançai-je avec force.

— Depuis quelques années, je fournis du SDF, de la cloche au bout du rouleau. Personne ne les connaît, personne ne les regrette. Je leur trouve une utilité. C'est inespéré, vu leur état.

C'était pire que ce que je pensais.

— Je me déguise en SDF – j'adore me déguiser – et j'entre en contact. Je leur fais miroiter une vie meilleure, un logement au sec avec du pognon. Quand ils sont mûrs, je les conduis, corde au cou pourrait-on dire, sans effort, à mes commanditaires.

— Qui sont ?

— Des ressortissants d'une petite république aux confins de l'Europe. J'avais le choix, il y a en a d'autres, mais je les ai choisis, eux, parce que ce sont des partenaires fiables, avec le sens de l'honneur. Ils payent bien.

— C'est donc toi, le croquemort ! lâchai-je.

Il émit aussitôt un rire disgracieux et vexant.

— Ah non, encore raté, c'est pas moi le croquemort ! Mais comment fais-tu pour taper toujours à côté de la plaque ? C'est dingue ! Libertad et moi, on se demande si à la naissance tu n'as pas souffert d'une mauvaise oxygénation, ou de la maladresse d'une sage-femme qui t'aurait laissé tomber sur le carrelage.

Salaud ! Associer Libertad à ce jugement de charogne, ah, ça faisait mal ! Et puis, d'abord, ça ne changeait rien qu'il ne soit pas le croquemort.

– Tu es tombé très bas, Hector, tu me dégoûtes.

– Tout de suite les grands mots…

– J'ai de la dignité, moi. Le respect de la personne humaine. Je serais incapable d'expédier de sang-froid vers une mort atroce des pauvres types ramassés dans la rue.

À ce moment, Libertad releva la tête, me fixa et sourit. À quoi pouvait-elle donc penser, cette garce !

– Ce que je ne comprends pas, Hector, c'est ce que je viens foutre dans cette histoire. Qu'est-ce que tu attendais de moi ? Pourquoi m'as-tu envoyé à Saint-Ouen ? Qu'y avait-il dans ce colis ?

– Ah ça, le rouquin… Tu veux vraiment le savoir ?

23

On s'imagine souvent que chaque nouvelle révélation produit sur la personne le même effet, la même sidération ou le même électrochoc. C'est faux. L'accumulation sature et anesthésie le cerveau, qui finit par se mettre dans des dispositions propres à accepter n'importe quoi. Que la Terre est plate, qu'autrefois les bêtes parlaient aux hommes, que Dieu a créé l'univers.

Si je n'étais pas prêt à errer jusqu'à de telles confusions mentales, je m'en suis fortement approché, surtout après les nouvelles divulgations de mon ex-pote d'enfance.

J'eus clairement l'impression qu'il s'en amusait et qu'il jouissait de mes réactions épouvantées. Un pervers ne se serait pas comporté autrement, distillant les horreurs avec gourmandise, l'air innocent, un petit sourire en coin.

Il commença par un laïus qui s'apparentait à un compte rendu de travail dans une réunion d'entreprise :

— Je fournis à la demande et j'ai toujours réussi à livrer en temps et en heure. Sur ce plan, je n'ai jamais été mis en défaut. Le matériel livré partait ensuite en camion vers sa destination lointaine, où s'opéraient les extractions. Je pensais que l'on n'aurait jamais à se plaindre de mes services, jusqu'à très récemment, quand des reproches m'ont été adressés.

Il secoua la tête d'un air navré.

— La qualité n'était pas toujours au rendez-vous.

— La qualité ?

— Oui, la qualité. Quand on a passé des années dans la rue, à dormir sous la pluie et dans le froid, à bouffer de la merde, à boire et à fumer plus que de raison, la santé se détériore et les morceaux ne sont plus de première fraîcheur. Qu'est-ce qu'un foie d'alcoolique sinon un organe rétréci et nécrosé ? Qu'est-ce qu'un cœur de cardiaque sinon une pompe qui dysfonctionne et menace de s'arrêter à tout moment ? Qu'est-ce qu'un poumon de fumeur sinon des bronches noircies et rabougries et des alvéoles déliquescentes ? Voilà ce qu'on m'a reproché. Assorti d'une menace : celle de changer de fournisseur.

Peut-être s'attendait-il à ce que je le plaigne ? De marbre demeurai-je. J'étais au-delà de l'indignation.

Après un soupir soulignant mon manque d'empathie, il poursuivit :

— Pour ne pas perdre le job, je me suis donc engagé à proposer des hommes et des femmes sains. Terrible challenge ! Une tout autre affaire ! On ne roule pas aisément dans la farine des êtres intégrés, qui ont un job, une famille, qui mangent bio ou font du jogging. Il faut ruser, user de subterfuges, inventer des scénarios, s'aventurer sur des chemins inconnus et tortueux.

Il me lança un regard incisif, quasi-triomphant.

— Toi, par exemple, tu n'y as vu que du feu.

Je blêmis.

— Moi !?

— Oui, toi ! Ma pseudo-clandestinité face à la violence incontrôlable des Lupion, le providentiel M. Kastel qui va me sortir de cette mauvaise passe, le gag du colis à transporter à Saint-Ouen… Ah là là ! Quelle intrigue, quel script, quel synopsis ! Du grand art !

Une chape de brouillard engloutit mon esprit. Statufié, j'avais les yeux comme des billes de verre, les doigts raides comme des baguettes asiatiques et les épaules rigides comme un cintre métallique. Avais-je vécu dans un monde parallèle, prenant pour réalité tangible ce qui n'était que tissu de mensonges ?

Libertad n'avait pas bronché, mais elle me considérait avec de pauvres yeux désolés, comme si elle regrettait cette brutale avalanche de mystifications qu'Hector déversait sur ma tête. Après tout, n'avait-elle pas demandé à son salopard de mari de ne pas me torturer, révélant par là même, peut-être (les rêves sont plus tenaces que les faits), une infime molécule de tendresse à mon égard ?

– M. Kastel, il existe ! Il t'a appelé, j'étais là, et j'ai écouté la conversation car tu avais mal fermé la porte de la salle de bains, protestai-je avec véhémence.

– Hélas, le rouquin, encore une fausse évidence ! C'est Libertad qui m'a appelé pour me permettre de te jouer ce petit numéro.

– Libertad ?

– Oui, quand elle est sortie pour m'acheter à manger. Nous avions préparé ensemble cette lamentable entourloupe. Pas de Kastel au bout du fil, mais une Libertad silencieuse qui attendait que je finisse de te berner pour raccrocher et revenir avec une pizza.

Là encore, Libertad avait trempé dans cette manipulation. D'abjectes révélations en cruelles désillusions, rien ne m'était épargné…

– Mais… le colis que tu m'as donné ?

— Vide ! Rien dedans, nada !

Le coup du colis que j'avais trimballé avec précaution jusqu'à Saint-Ouen le faisait bien marrer, il en aurait pissé dans son froc.

— Libertad m'a raconté qu'Alex l'avait écrasé du talon ! J'aurais voulu voir ta tête ! La cata, l'épouvante, le colis pour Kastel, *platch-plitch-ploutch*, plat comme une galette ! Ah ah !

— Judas, tu m'as livré aux Moldaves.

En fait, le Christ, c'était moi.

Me bernant avec une fable indigeste composée de frères Lupion, de Kastel et de paquet vide, Hector avait tenté de m'expédier en Moldavie pour crever sur le billard, dépouillé de mes organes vitaux.

Un monstre.

*

* *

Je sentis que la séance allait se tendre et ma situation personnelle se dégrader au moment où il cessa de rire et me fixa avec insistance.

— Joli sac, dit-il.

Mes doigts se crispèrent sur les poignées.

— Qui contient une belle somme, si j'en crois mes informations, ajouta-t-il.

Ne rien répondre, même si, par Libertad, il savait déjà tout.

– Une partie de ce pèze m'appartient, poursuivit-il. Quant au reste, il faudra le rendre si nous ne voulons pas tous finir pendus à un crochet de boucher.

Je conservais la mine butée qui convenait en pareille circonstance. Un masque sur le visage, l'œil imperméable et les lèvres scellées.

– Tu m'as barboté cinq plaques, gronda-t-il, espérant me faire peur.

J'avais peur, mais je ne cédais pas. Je m'entendis même argumenter :

– Ces cinquante mille euros ne sont pas à toi.

– Ah oui ? Explique-moi ça, le rouquin.

– C'est le prix de ma viande. Tu devais la livrer aux Moldaves, mais je suis là devant toi. Donc, tu ne l'as pas livrée et tu n'as pas à recevoir ce blé. Moi, j'ai fourni à la place celle d'Alex, je mérite le pognon.

Il échangea un regard étonné avec Libertad, puis siffla entre ses dents, mimant l'admiration.

– Ben vrai, t'as fait des progrès ! Tu te crois peut-être à l'aube d'une grande carrière de truand ?

– Je ne crois rien du tout. J'ai fait le job, c'est tout.

– Tu as fait le job ?

– J'ai fourni du matériel, on m'a payé en retour, point barre.

Il soupira en souriant d'un air navré, dodelinant de la tête comme s'il faisait face à un enfant capricieux qui mérite une bonne correction.

— Ça t'intéresse de connaître la fin du film ? Parce que pour l'instant tu te trompes de scénario.

— ...

— Alors, écoute bien. Primo, je vais prévenir les Moldaves que leur pognon est ici. Deuxio, ils vont venir le récupérer et, d'une pierre deux coups, ils t'embarqueront pour un voyage touristique à finalité médicale. Tertio, parce que ce sont des gens honnêtes et qu'ils seront contents, ils me donneront de nouveau cinquante mille. Le prix de ta bidoche, comme tu dis.

Irrécupérable. Ce type, cet ex-meilleur pote, ce gai compagnon de l'enfance et de l'adolescence, qui sans ciller me débitait aujourd'hui ces horreurs, je l'avais connu moqueur, hâbleur, fanfaron, c'est vrai, mais jamais malfaisant, malveillant, nuisible, comme je le découvrais à présent. Il m'apparaissait rongé par le mal, faisandé par le vice, possédé par Lucifer et, je le répète, irrécupérable.

Tel un diable à ressort, je m'éjectai du fauteuil en m'écriant :

— Hors de question, vipère ! Je ne suis pas à vendre !

Signifier ma désapprobation, montrer ma combativité, j'avais raison de le faire, mais il stoppa net cet élan salvateur. Il souleva son pull crasseux et j'aperçus, glissé derrière la ceinture du pantalon, un petit revolver qu'il empoigna sans se presser, avec le plus grand naturel, pour pointer le canon dans ma direction.

– Il existe une variante au scénario. Tu meurs tout de suite et je perds le prix de tes organes. C'est moins avantageux, mais je récupère quand même le pognon de la vente d'Alex. Te précipite pas, ne prends pas de décisions hâtives que tu pourrais regretter. Assieds-toi, on va en discuter.

Je m'assis. Quand on n'est pas le plus fort…

Constatant ma docilité, il pouffa de contentement et, de sa main libre, caressa tendrement la nuque de Libertad.

– Tu nous servirais un petit whiskey, ma chérie, que tu serais un ange.

– Avec plaisir, mon amour.

« Ma chérie », « un ange », « mon amour »… À quoi jouaient ces deux cons ? On aurait dit deux *teenagers* découvrant le grand amour ! L'écœurement me gagnait tout autant que le pessimisme. Ce n'était pas la première fois depuis quelques jours que j'avais le sentiment d'arriver au terme de mon parcours, mais cette fois-ci je visualisais le cul-de-sac, le point de non-retour, la *dead end*.

Je suivis des yeux le corps gracieux de Libertad qui, aérienne, se déplaça avec aisance jusqu'au bar.

De dos, je la vis s'activer, saisir des verres, choisir la bouteille, verser le liquide, pousser une corbeille, tenir furtivement une petite cuiller, faire du rangement sur ce meuble très encombré, etc.

Bref, elle répondait mais sans se presser outre mesure à la demande de son époux, lequel ne s'impatientait pas, occupé à me surveiller pour décourager toute tentative de rébellion.

Elle revint et me tendit un verre.

— Tiens, mon pauvre David, c'est peut-être ton dernier whiskey.

Charmant. Elle savait parler aux hommes pour les réconforter.

Elle donna à Hector l'autre verre et s'installa de nouveau sur le divan à ses côtés en souriant, la tête renversée en arrière, les lèvres entrouvertes, lascive, langoureuse, aussi niaise qu'une amoureuse transie.

Hector leva son verre dans ma direction.

— Je ne te dirai pas « À ta santé », le rouquin, parce que celle-ci est compromise à court terme, mais le cœur y est.

Et hop, il vida son verre, d'un trait d'un seul, tel un marin ivre au fin fond d'une taverne d'un port mal famé.

Alors, ses pupilles se dilatèrent, son visage devint farineux, son front oscilla dangereusement, ses épaules connurent un curieux soubresaut et sans un cri hormis un hoquet, d'un coup, son buste bascula en avant et sa face, en un *poc* aussi inattendu que sonore, s'écrasa sur la table basse.

Il demeura immobile dans cette position absurde (et grotesque), sans tenter de se redresser.

24

Sur le moment, c'est l'étonnement qui prévaut. Je suis resté un peu stupide à le regarder baver sur la table, sans comprendre ce qui se passait. Au bout d'une poignée de secondes, quelques mots inquiétants affleurent à la surface de votre esprit : crise cardiaque, rupture d'anévrisme, AVC ? Des concepts connus, mais qu'on a rarement l'occasion d'expérimenter en direct. Et puis, on n'y croit pas vraiment.

Jugez tout de même de mon manque de réaction ou d'à-propos. N'importe qui se serait précipité sur Hector pour lui piquer son revolver. Je n'y ai même pas pensé.

Mon regard croisa celui de Libertad, qui ne semblait pas surprise. D'un revers de main négligeant, elle épousseta son pantalon et, hochant la tête d'un air entendu, elle affirma :

— Je me doutais bien que c'était lui qui allait perdre. Des idées, de l'imagination, du génie parfois, mais trop de précipitation aussi, trop d'impatience qui gâchent tout.

Une déclaration obscure qui me laissa circonspect.

– Qui allait perdre... De quoi tu parles ?

– Je vous ai mis en concurrence et tu as gagné.

– J'ai gagné !?

Travaillait-elle du chapeau ? Ce n'est sans doute pas sans conséquence pour la santé mentale d'une épouse de voir son mari se manger la table et ne plus donner signe de vie.

Devais-je prendre une initiative et, si oui, laquelle ? Étant donné qu'elle ne se décidait pas à réagir, ne serait-ce que pour s'informer de l'état de son conjoint, je crus bon de lui rappeler l'évidence.

– Il n'a pas l'air d'aller bien.

Avec un parfait naturel, elle me balança alors une énormité :

– Ça c'est sûr puisqu'il est mort !

– Quoi !?

Elle eut un mouvement d'humeur montrant un réel agacement.

– T'es bouché ou quoi ? Je te dis qu'il est raide !

– Mais de quoi il est mort ??

– De ce que j'ai mis dans son whiskey. Et, crois-moi, c'est définitif, on ne reviendra pas là-dessus.

– Tu l'as empoisonné ?

— Pas plus que toi, mais c'est lui qui a bu en premier.

— Moi aussi, dans mon whiskey ?

— Oui, toi aussi, mon petit David ! Ne pense pas avoir bénéficié d'une faveur. Au contraire, je t'ai même donné le verre en premier.

Lentement, je me suis levé et j'ai fait un pas en arrière pour m'éloigner d'Hector, dont l'immobilité me faisait soudain horreur. C'est une chose de mourir d'une crise cardiaque, déboire regrettable mais naturel, c'en est une autre d'être assassiné en buvant un poison violent.

Par ailleurs, savoir que moi aussi j'aurais pu y passer de la même manière, que tout s'était joué en quelques secondes dans une sorte de roulette russe improbable, me remuait dans les tréfonds. Pourtant, ma situation, peu florissante auparavant, semblait s'être améliorée.

Encore fallait-il s'en assurer. Libertad était toujours assise sur le divan, indifférente à mes états d'âme et irritée par mon comportement.

— Lâche ton sac, idiot ! T'es chiant avec ça ! s'écria-t-elle.

Je posai mon sac à mes pieds.

— Ah, quand même ! T'es parfois pénible, tu sais ! Tu as du potentiel, mais y a du boulot.

Presque un compliment. Enfin… je le pris comme tel.

– Rassieds-toi, s'il te plaît.

Je m'exécutai.

– Bien. Alors, je suppose que tu te poses des tas de questions et que, dans ta tête, c'est un peu embrouillé.

– Un peu…

Réponse qui la fit sourire.

– T'es mignon, comme mec. Bon, commençons par le commencement. Tout ce que t'a dit Hector est exact. Dès qu'il t'a aperçu sur le palier, il a lancé dans la plus grande improvisation une manipulation dans laquelle il m'a impliquée. Avoue que c'est déjà un peu cavalier.

– De me manipuler ?

– Non, de ne pas me prévenir. On ne prend pas des initiatives de cette sorte sans en discuter en amont avec son partenaire. T'es pas d'accord avec ça ?

– Si. En plus, vous êtes plus que partenaires, vous êtes mariés.

– Ah non, David, déconne pas ! Secoue-toi un peu ! Tu es désespérant par moments. Sérieux ? Tu me vois mariée avec ce coureur de petites culottes qui se jette sur tout ce qui bouge ? En plus, le mariage, c'est vraiment pas mon style !

J'avais l'air d'un con, c'est vrai, mais la nouvelle me fit plaisir.

— Reprenons, dit-elle. Or, cette prise de risque s'est révélée désastreuse. Et toi, beaucoup moins empoté qu'il ne le pensait.

— Merci.

— Parce que je ne te cache pas que quand il m'a téléphoné pour me parler de toi la première fois, il t'a présenté comme le pigeon parfait, le crédule niais qui allait monter dans le camion à destination de la Moldavie sans rien piger à ce qui lui arrivait. J'espère que ça te vexe pas, ce que je te dis ?

— Pas trop.

Au point où j'en étais, les vexations, les humiliations...

— Il t'envoie donc chez Alex, un intermédiaire qui travaille pour nous, muni d'un colis vide à donner à un certain M. Kastel qui arrangera la querelle avec les frères Lupion. J'avoue que ça m'a fait marrer. Il pouvait être drôle, Hector, tu sais ?

— Non, je sais pas.

— Ne tire pas cette gueule, David ! Fais preuve d'un peu d'humour ! Non, non, je confirme, il avait ses bons côtés, Hector. Ne profitons pas de ce qu'il est froid pour en dire du mal. Ce ne serait pas très élégant.

J'ai préféré ne pas la contrarier, mais j'avais un point de vue divergeant.

— Et voilà que tu rues dans les brancards, que tu te débarrasses d'Alex, un gars pourtant malcommode, en l'expédiant à ta place en Moldavie. Bravo ! Franchement, bravo ! Rien à dire, du beau boulot ! Mais ensuite, tu fous un bordel monstre dans toute l'organisation dont nous ne sommes qu'un rouage. Un petit boulon avec ses devoirs, ses obligations, que tu piétines allégrement en nous précipitant dans une épaisse fosse à purin.

– Désolé.

– Tu peux l'être ! Mais à qui la faute ? Nous établirons les responsabilités plus tard. Je poursuis : quand tu m'as envoyé ce message où tu disais te trouver chez Léaumar, j'ai anticipé la catastrophe. Je suis venue.

– Venue ? Venue où ?

– Chez Léaumar.

– Comment ça, chez Léaumar ?

– Je suis venue, mais c'était trop tard pour empêcher le désastre. Je t'ai vu dans le jardin avec les deux Moldaves. Je les connais, tu n'en serais pas sorti vivant. On a peu de certitude dans l'existence, mais là c'en était une !

– Et qu'est-ce que t'as fait ?

– Je les ai butés !

– …

– Je suis très habile à ce jeu-là. Une adresse naturelle, de naissance, optimisée par un entraînement régulier. Fais pas cette tête-là, voyons ! Tu devrais plutôt me remercier, c'était la seule solution, je t'ai sauvé la vie. Mais c'était pas pour tes beaux yeux, dont je me contrefous.

— Pourquoi, alors ?

— Parce que je voulais éviter que les Moldaves pensent que le croquemort avait volé leur pognon. Voilà où ça nous mène, tes conneries !

Je baissai la tête, tel un enfant coupable. En m'emparant des mallettes de Léaumar, je n'avais pas imaginé les conséquences, les malheureux malentendus, l'imbroglio et la confusion engendrés par mes actes, ni la bataille rangée que ce menu larcin pourrait provoquer au sein de l'organisation.

Je voyais désormais celle-ci comme un assemblage de briques de tailles variées, le croquemort en était une, les Moldaves une autre, les riches bénéficiaires une autre encore, avec des interfaces comme Alex ou Léaumar assurant la communication entre chaque brique.

— Et pourquoi tu as filé après les avoir dégommés ?

— Parce que je suivais la stratégie imbécile d'Hector, cette stratégie foireuse des Lupion et autres inventions débiles, que tu devais continuer à croire. Et puis, patatras !, le lendemain, tu te fais interpeller par les flics et repérer par les Moldaves. Désormais, il devenait impossible d'arrêter le train en marche ! Hector le pensait en te livrant, pas moi !

– Pourquoi pas toi ?

– Parce que les Moldaves resteront convaincus que le croquemort a essayé de les doubler, même si on te livre pieds et poings liés. La confiance est brisée. Et parce que les keufs finiront par nous attraper, mettant en péril toute l'organisation. Ça non plus les Moldaves ne nous le pardonneront pas. N'oublions pas aussi qu'ils ont perdu deux hommes dans l'affaire. Ça crée de la rancune, du grief, du ressentiment. Une seule solution, mettre les voiles sans laisser de témoins derrière soi.

Là-dessus, elle saisit mon verre de whiskey entre le pouce et l'index et déversa son contenu dans l'évier de la cuisine.

– Avant tout, se débarrasser de cette saleté ! dit-elle en faisant couler abondamment l'eau du robinet.

25

Ensuite, elle ouvrit un placard et en tira un sac assez semblable au mien mais plus gros. Elle l'ouvrit en tirant avec aisance sur la fermeture éclair et le pencha dans ma direction. Il était bourré de billets de banque.

– Ce sont nos dernières recettes, que nous n'avons pas encore eu le temps de blanchir. Il y en a pour un paquet, mais je ne saurais dire combien.

En éclatant de rire, elle ajouta :

– Quand on aime, on ne compte pas !

Amusant.

Je me demandais où elle voulait en venir, mais elle ne paraissait pas nourrir à mon égard de mauvaises intentions. Elle avait son sac, j'avais le mien. Après un clin d'œil charmeur, elle le referma et le déposa dans le vestibule.

Et puis, sans crier gare, elle ramassa le revolver d'Hector. Je frémis. Marchant de long en large dans la pièce, elle le tenait avec négligence, d'une manière non menaçante, comme une simple cigarette. Néanmoins, c'était quand même une arme à feu et ses intentions sans doute n'allaient pas tarder à se préciser.

– Mon petit David, il va falloir que tu prennes une décision. Hélas pour toi, qui nages depuis ton enfance dans un océan d'incertitudes et d'hésitations, tu vas avoir très peu de temps pour le faire. Une ou deux minutes, cinq au grand maximum. Tu es prêt ?

Ma gorge se serra. De nouveau, mon destin allait se jouer et j'étais loin d'avoir toutes les cartes en main.

– Marches-tu avec moi ?

Question brutale.

« Sinon ? », avais-je envie de demander, mais la réponse me parut évidente. D'ailleurs, que rétorque-t-on à une jolie femme que l'on a aimée, certes peu de temps mais d'une passion aussi secrète que dévorante, et qui vous fait ce type de proposition ? Je ne l'aimais plus (son comportement m'avait déçu), mais j'avais toujours plaisir à la regarder et une envie féroce de ne pas la quitter.

– Je marche avec toi.

– Tant mieux. J'aurais eu, non pas de la peine, faut pas exagérer non plus, mais une pointe de regret de te laisser en tête-à-tête avec Hector à évoquer votre adolescence perdue.

On ne pouvait pas être plus clair.

— Seulement, il va falloir te secouer, y a du pain sur la planche. On ne peut pas laisser Hector ici.

— Ah bon !? Mais qu'est-ce qu'on va en faire ?

— À toi, il faut tout expliquer, c'est ainsi. Je m'y ferai. Ou pas. Écoute-moi. Hector, officiellement, ne vit pas dans cet appartement. Sa véritable adresse, celle connue des flics, est ailleurs. Et il faut que son cadavre soit découvert chez lui et non ici. Sinon nos empreintes et notre ADN, qui pullulent dans ces quelques pièces, nous feront rechercher par toutes les polices de France. Or, dans son logement officiel, je n'y suis jamais allée et toi non plus.

— Tu veux dire qu'il faut…

— Le transporter, oui, c'est le mot exact. As-tu une idée de la manière dont tu vas t'y prendre ?

J'avais beau me creuser la tête, je ne voyais pas comment déplacer le cadavre. Lui, il s'en foutait, de mes tourments, il était sagement plié en deux, le cul toujours assis sur le divan, le buste à l'horizontale et la tête reposant sur la table basse. Quand on est crevé, les emmerdes, c'est fini. Et, croyez-moi, c'est une immense consolation (peut-être la seule, d'ailleurs).

– Tu n'as pas l'imagination d'Hector ! lança-t-elle en guise de reproche.

Une goutte de sueur perla sur mon front, car une affreuse pensée venait de me traverser la tête. Si je ne me montrais pas à la hauteur, si j'apparaissais comme un boulet, un poids mort, un inutile qui la retarde, pouvait-elle décider de me supprimer ? Pouvait-elle juger que son avenir serait plus simple sans moi ? De fait, elle avait conservé le revolver et je savais désormais qu'elle maniait la gâchette comme personne. Je lui jetai un coup d'œil anxieux.

– Tu manques de confiance en toi, David, reprit-elle. Hector s'est toujours foutu de ta gueule et, en retour, tu l'as toujours admiré et envié. Si, si, ne proteste pas, il me l'a dit. Tu as l'occasion de prendre sa place, c'est tentant, non ?

– Oui.

En effet, c'était tentant de prendre sa place, mais je ne sais pas si on pensait à la même chose à ce moment-là. Possible que non.

– Tu devrais faire un petit effort.

– J'en fais…

– Mouais, c'est pas flagrant.

De l'imagination, elle, elle en avait. Elle m'expliqua qu'on allait le relever et, le maintenant debout, son bras passé autour de mon épaule que je tiendrai fermement, mon autre bras le serrant à la taille, je descendrai dans la rue et pourrai marcher sans difficulté. Je fis plusieurs objections :

— Il va être trop lourd, je ne vais pas pouvoir faire ça.

— Mais si, voyons, tu as une tête de plus que lui !

— Je ne suis pas très costaud pour autant.

— Je t'aiderai, je serai de l'autre côté, son autre bras autour de mon épaule. À deux, on n'aura aucun problème.

— Ses pieds vont traîner par terre. Ça va se voir.

— Et alors ? On trimballe un mec bourré comme un coing, c'est tout. Rien d'anormal.

Elle avait réponse à tout.

Tout de même, il habitait à l'autre bout de Paris, Hector, c'était absurde. J'exprimai mon scepticisme, auquel elle répondit du tac au tac :

— Mais non, voyons ! On va juste aller jusqu'au bistrot le plus proche, ce sera pas long. Un bar, c'est un endroit logique pour un mec saoul. On fera une pause devant l'entrée et j'appellerai un transporteur qui le livrera chez lui. Comme un colis.

— Un transporteur !? Tu délires ?

— Un taxi ! J'appelle un taxi. On installe notre ami à l'arrière en expliquant qu'ayant un peu abusé de la bouteille il s'est endormi, on lui donne l'adresse et il part. Bon voyage !

— Et après ?

– Après, on s'en fout ! Pour la police, un taxi aura ramené Hector mort chez lui.

– Le chauffeur va donner notre signalement.

– Évidemment, mais tu seras déguisé.

– Déguisé ? En quoi ?

– En voisin, imbécile !

★

★ ★

J'aimerais vous passer les détails, mais ce récit se doit d'être le plus exact possible. Il en va de ma crédibilité.

Libertad retira elle-même la tenue d'Hector, le gilet crasseux et le pantalon flasque, que je dus enfiler. Dans une armoire, elle choisit un sweat et un falzar, qu'elle mit à Hector. C'est assez compliqué d'habiller un mort, il ne vous aide pas beaucoup, et moi je n'aidais pas beaucoup Libertad. Un cadavre, c'est quand même pas tout à fait un mec normal et j'avais des réticences à le manipuler.

Elle accomplit la corvée, non sans quelques remarques acerbes adressées au macchabée, l'accusant de faire exprès d'avoir un bras récalcitrant, un buste vacillant, des jambes désarticulées.

De mon côté, je posai la perruque sur ma tête et collai la barbe sur ma face. Me regardant dans une glace, je ne me reconnus pas, c'était troublant. En un sens, je ressemblais à Hector déguisé en voisin…

Il fallut ensuite passer à l'opération suivante et, là, bien forcé de le toucher, Hector, puisque je dus le soulever et passer un de ses bras autour de mon épaule. Flanqué de Libertad de l'autre côté, ça marchait (si on ne craint pas d'utiliser cette expression), cahin-caha, pas très vite, mais sûrement.

L'escalier, néanmoins, fut une sacrée paire de manches. Dans la descente, Hector avait les jambes relevées en arrière butant sur les marches supérieures et nous avons failli basculer en avant à plusieurs reprises. On se serait ramassé une putain de gamelle, très spectaculaire, très aérienne, avec de la casse (genre clavicules, omoplates ou rotules explosées), mais, à chaque fois, par miracle, nous sûmes nous rattraper in extremis.

En plus, il fallait éviter de faire du bruit. Si, parce que nous aurions fait trop de barouf, un habitant de l'immeuble était sorti sur le palier pour voir ce qui se passait, c'eût été une catastrophe. Heureusement, il était minuit passé et les braves gens devaient dormir.

Dans la rue, il y avait un risque tout aussi grand dont Libertad était consciente.

— Si une patrouille de police passe et s'intéresse à nous, on sera mal, glissa-t-elle à mi-voix.

C'était un constat. Elle ne paraissait pas plus effrayée que cela. Y a pas à dire, cette fille avait du cran. Plus que moi, qui pétochais grave, et dont le palpitant s'accélérait sous le double effet de la peur et de l'effort.

Elle connaissait le bar de nuit le plus proche et, de fait, il n'était pas loin. On tourna à droite au premier carrefour, on franchit deux intersections, puis, sur la gauche, l'enseigne fut visible, à vingt mètres sur le même trottoir.

Ce fut un soulagement d'asseoir Hector à trois mètres de l'entrée du café, jambes étalées sur le bitume et dos bloqué contre le mur. Il avait en effet tout du mec bourré qui ne peut plus arquer et qui embarrasse ses copains. Ivre mort, il en avait vraiment l'apparence, et personne n'aurait pu supposer qu'il était plus mort que ivre.

Libertad ne perdit pas de temps en téléphonant aussitôt à un taxi.

– Il sera là dans dix minutes, m'informa-t-elle en remisant le téléphone dans la poche de son blouson.

Voilà qui donnait le temps de causer un peu. En effet, si tout n'était pas encore très lumineux dans ma petite tête, une faible lueur commençait à apparaître dans un recoin obscur.

– Libertad, je ne comprends pas pourquoi tu as supprimé l'un de nous deux. Au pif, en plus.

– Parce que, vu l'état de vos relations, l'avenir ne pouvait se concevoir avec vous deux. Ne pouvant laisser de témoin en arrière, il fallait bien expulser de la scène l'un ou l'autre. Ce fut Hector.

– Pourtant, Hector, c'était ton partenaire. Moi, je ne suis qu'une pauvre merde de passage.

– Très juste. Une pauvre merde de passage. Mais Hector avait dépassé les bornes et je ne suis pas mécontente d'en être débarrassée.

– Quelles bornes ?

– Il prenait de plus en plus d'initiatives, comme celle qu'il a prise avec toi, sans m'en informer, ou bien en me pelotant au prétexte que nous serions mariés. Il menait la barque comme si c'était lui le chef ! J'ai l'impression qu'il pensait l'être devenu. Or, le chef, ce n'est pas lui et il ne faut jamais déplaire au chef. Il l'a un peu trop oublié.

– Le chef, c'est le croquemort, hein ?

Elle me lança un regard aigu.

– En effet, c'est le croquemort.

– Et c'est qui, le croquemort ?

– C'est moi.

26

La petite lueur était devenue un spot aveuglant. Mais je ne saurais me rappeler si je fus surpris ou non par cette révélation. D'autant plus que Libertad ne me laissa pas le temps de réagir :

— Le voilà ! s'écria-t-elle.

— Qui ?

— Le taxi.

Une grosse berline noire se profilait au coin de la rue.

— Je vais te laisser, affirma-t-elle.

— Comment ça !?

— Je ne suis pas déguisée, alors que tu l'es. Donc, tu réceptionnes le taxi, tu y installes notre camarade, tu t'excuses pour son état, tu indiques l'adresse et tu lui fourres dans les pattes quarante euros pour le prix de la course.

Adresse qu'elle me donna. Et, tournant les talons, elle s'éloigna.

– Tu vas où, Libertad ?

Elle daigna se retourner pour me répondre :

– À l'appart', récupérer les sacs. Je t'attends au carrefour.

Accélérant le pas, elle ne fut bientôt qu'une passante incertaine, de dos, dans la lumière des réverbères.

Je vous entends déjà affirmer que je ne récolte que le fruit de ma sottise. Qu'après tout, si je suis le genre de mec à qui il n'arrive que des emmerdes, c'est bien mérité parce que j'y mets du mien. Que le jugement d'Hector à mon sujet est parfaitement justifié et que la fée des nigauds s'est penchée sur mon berceau.

Que voulez-vous que je vous dise ? C'est vrai, je n'ai pas bougé, je n'ai pas fait le plus petit geste pour tenter de la rattraper. Je me souviens très bien de ce moment. Le taxi s'arrêtait face à moi et je me suis retourné illico pour empoigner Hector et le traîner jusqu'à la portière.

C'est peu dire d'ailleurs que le chauffeur, qui se dévissait la tête sur le siège avant pour me regarder manœuvrer, ne vit pas d'un bon œil le client que j'asseyais tant bien que mal sur la banquette arrière.

– Holà ! Attendez ! Il est bourré, votre copain, c'est ça ?

– Oui, et il s'est endormi.

— Il va pas vomir au moins ?

— Non, c'est un de ses bons côtés. Il vomit jamais.

— Quand même, il en tient une bonne...

— Oui, mais je le connais, il va se réveiller assez vite. Il sera remis avant l'arrivée.

— Mouais...

Il tiqua encore plus quand il comprit que je ne montais pas.

— Quoi !? Vous allez pas me laisser seul avec lui ?

Je sortis deux billets de vingt de ma poche.

— Non, je peux pas venir. Mais voici quarante euros, c'est beaucoup plus qu'il n'en faut, gardez la monnaie.

Les êtres humains se laissent toujours émouvoir par une gentille petite attention à leur égard. Bien que manifestant une mauvaise humeur de principe, il remit le contact et démarra.

Je fis un geste d'adieu en agitant la main. Car ce ne fut pas sans une certaine nostalgie que je vis Hector s'éloigner dans son joli corbillard. Quels que soient ses défauts, et Dieu sait s'il en avait, Hector, c'était une partie de ma jeunesse. On avait partagé les mêmes déconnades, les mêmes rigolades, les mêmes passions adolescentes.

Le pardon étant une noble et belle valeur, je ne lui en voulais même pas de ce qu'il m'avait fait subir depuis mon arrivée dans la capitale.

*

* *

Le cœur gros, je me mis en marche en direction du carrefour. Pour être franc, je ne me faisais guère d'illusions. On ne peut même pas affirmer que Libertad m'avait roulé en s'emparant de mon fric. Quiconque aurait souhaité une autre issue aurait laissé tomber Hector sur le trottoir et lui aurait emboîté le pas.

Et si je ne l'avais pas fait, c'est qu'au plus profond de moi-même, là où stagnent les eaux glauques de l'inconscient, une petite voix s'était fait entendre pour murmurer qu'on ne construit pas sa richesse et sa prospérité sur le meurtre et le vol. Il reste de l'honnêteté en chacun de nous. Chez certains, pas beaucoup, j'en conviens, mais c'est une infime minorité à laquelle, je le crains fortement, Libertad appartenait.

Cette jeune femme aurait pu m'apprendre la turpitude, les pires coups tordus, les trahisons de tout acabit ou encore l'absence totale de morale et de remords. Bref, l'alliance avec le diable. Or, je me sentais encore trop sain et trop candide pour signer un pacte avec les démons.

Néanmoins, j'arrivai au carrefour et, par réflexe, ou pour m'assurer de l'évidence, je regardai autour de moi.

Je ne la vis pas.

27

— Alors, le rouquin, on cherche la liberté ?

Ça m'a figé.

Sortant d'une encoignure entre deux porches, elle surgit en pleine lumière, le plus naturellement du monde, un sac dans chaque main. Elle m'attendait. Je me suis frotté les yeux et les oreilles pour vérifier que je n'étais pas atteint d'un trouble de la vision et de l'audition.

— Ne fais pas cette tronche ! Je ne suis pas aussi mauvaise que tu le penses. Et je possède même une qualité. Une seule, je te l'accorde. Tu ne me crois pas ?

— …

— J'aime la loyauté. Et même si tu n'es encore qu'une boule d'argile mal dégrossie, qui va exiger un patient labeur pour ressembler à quelque chose, tu es un type loyal. Et ça mérite sa récompense.

En l'occurrence, que je t'emmène avec moi et que je te prenne sous mon aile.

J'étais vaincu, et toutes mes hypocrites réticences tombèrent comme les feuilles d'automne. Je me suis senti nu, prêt à accueillir de nouveaux bourgeons, à emprunter un chemin neuf, à faire la vie buissonnière, loin des sentiers battus, loin de la multitude bien-pensante.

J'avais le fric, j'avais la femme d'Hector (qui n'était pas sa femme), qu'importaient les périls ! Je m'émancipais.

— Restons pas plantés là comme deux poireaux, dit-elle. Il faut filer et vite. D'abord, change-toi, je t'ai rapporté tes fringues !

Je m'exécutai, planqué dans l'ombre du porche, et elle jeta les affaires du voisin dans une poubelle.

Et nous voilà galopant dans Paris.

Je m'en remis à son expérience, à sa science de la cavale, à sa pratique de l'incognito. Elle connaissait plein de trucs, plein d'astuces inestimables pour traverser les filets aux mailles les plus resserrées. À chaque fois, j'étais ébloui par ses ruses. Elle s'en amusait et parfois, quand nous avions un instant de répit, elle me faisait des confidences :

« Dans l'organisation, du bas jusqu'en haut, du plus minable au plus puissant, personne n'ignorait que le croquemort fournissait le matériel vivant, mais personne ne savait qui était le croquemort.

Il n'y avait qu'Hector. Maintenant, il n'y a que toi. »

« Maintenant il n'y a que toi... », presque une déclaration d'amour.

De l'organisation, elle en parlait au passé, à l'image d'une page qu'elle aurait tournée à jamais.

« Un autre business, c'est ce qu'il va falloir trouver. Il n'y a plus d'avenir dans les organes. Inutile d'insister, le croquemort est grillé. »

Je compris assez vite que nous allions quitter la France, bien qu'elle me cachât la destination finale.

« Un pays exotique, répondait-elle. Tu verras bien ! »

En d'autres termes, selon la formule consacrée, nous filions sous d'autres latitudes. Je posais néanmoins des questions :

« On y va en avion ?

— Impossible de ne pas se faire repérer dans un aéroport. C'est trop surveillé.

— En paquebot ?

— En bateau, oui. Mais pas en paquebot, c'est comme un aéroport. Non, en cargo.

— Ce sont des navires de marchandises. Des porte-conteneurs. Ils ne prennent pas de passagers.

— Oh que si ! À partir du moment où tu peux graisser la patte du capitaine, on te trouve une petite place discrète.

— N'importe quel cargo ?

– Un pavillon de complaisance, c'est mieux. Du Panama, du Liberia, des Bahamas, un pays comme ça, tu vois ? »

Passagers clandestins, il y avait de quoi rendre nerveux, surtout qu'elle m'avoua que l'aventure comportait des risques :

« Il faut bien choisir, c'est tout un art. Il arrive parfois que le clandestin soit balancé par-dessus bord en pleine mer pour lui piquer son pognon. La bonne stratégie est de faire croire qu'on refile tout notre argent pour la traversée. Sur le bateau, on sera des pauvres qui ont des démêlées avec la justice. Rien de plus. »

Ainsi, en bus, nous gagnâmes le Portugal (c'est loin de Paris) et, à Lisbonne, je laissais Libertad faire les démarches. Elle trouva un cargo et tout se passa sans encombres, même si l'angoisse me tenailla toute la traversée à la pensée que des marins endurcis et sans pitié fouillent nos affaires, découvrent le blé et nous jettent aux requins.

Je me dois désormais d'être discret. Vous n'aurez pas droit à la moindre description du lieu où elle décida de nous fixer. Ce que je peux dire, c'est que c'est très chouette. Il y a du sable, des palmiers, du soleil, et notre argent vaut bien le triple de ce qu'il valait en France. Nous sommes les rois du pétrole et c'est un énorme avantage pour démarrer un nouveau business lucratif. Que je ne décrirai pas. On ne peut pas tout dire…

Il faut pourtant que je vous donne une dernière information. Certains d'entre vous s'imaginent que j'ai suivi Libertad pour prendre la place d'Hector. Et pour parler crûment, mettre les points sur les *i*, la place d'Hector dans le lit de Libertad.

Bien sûr, vous ne me croirez pas si je vous dis que je n'y pensais pas. C'était une éventualité, une hypothèse qui avait pris de la consistance dès lors que le brave Hector avait déserté ce monde.

De fait, pourquoi pas moi ? Certes, je l'ai déjà écrit, je ne suis pas très beau, je suis très osseux et j'ai le nez de travers. Mais il me semblait qu'à l'instar de beaucoup de femmes Libertad passerait sur l'apparence pour apprécier le contenu. Un peu gauche, maladroit parfois, je suis aussi attendrissant.

Alors, puisque vous êtes impatients de le savoir je vais vous raconter comment ça s'est passé.

Un soir que le démon du sexe me tourmentait, je suis allé dans sa chambre. Même si je jouais l'innocent, le mec qui ne fait que passer, elle m'a vu venir. Vous vous en êtes aperçu, elle est tout sauf conne.

Je suis devenu plus pressant, la frôlant, laissant traîner une main qui sans être baladeuse effleurait son corps par intermittence, débitant quelques sornettes inutiles, le souffle court, m'approchant puis reculant, hésitant encore à la prendre dans mes bras.

Elle dut avoir pitié, car elle mit fin à ce mauvais film :

– David, je n'ai jamais couché avec Hector.

Quel scoop ! Moi qui croyais Hector irrésistible.

– Parce que le chef ne couche pas avec son subordonnée ?

– Pas du tout.

– Pourquoi alors ?

– Parce que je n'aime pas les hommes.

Ah, mince. Pas de bol.

Quel gâchis... (excusez cette réflexion d'hétéro borné).

J'ai failli répondre que moi non plus je ne les aimais pas et que cela nous faisait un point commun, mais j'étais trop déçu pour sortir une telle pirouette.

Voilà, maintenant, vous savez tout.

Finalement, c'est pas plus mal. En évitant la baise, notre association, je le sens, est partie pour durer. On s'entend à merveille.

Elle a une vie sentimentale plutôt volage et il m'arrive parfois de coucher avec une de ses ex. Elle a beaucoup de goût. J'ai l'impression que ça l'amuse quand cette situation se produit, car elle me lance alors des petits clins d'œil complices.

Libertad, probablement, j'en suis encore amoureux.

C'est une fille formidable.

Composition et mise en pages
Nord Compo à Villeneuve-d'Ascq

Soucieuses de la préservation de l'environnement, les Éditions XO utilisent du papier issu de forêts gérées de manière responsable.

Impression réalisée par CPI FIRMIN-DIDOT
Mesnil-sur-l'Estrée (Eure), en juin 2025

N° d'édition : 5440/01 - N° d'impression : 184840
Dépôt légal : septembre 2025

Imprimé en France